Ismail Kadare

Der Anruf

Untersuchungen

Aus dem Albanischen
von Joachim Röhm

S. FISCHER

Deutsche Erstausgabe
Erschienen bei S. FISCHER

Die Originalausgabe erschien 2018 unter dem Titel
»Kur sunduesit grinden« bei Shtëpia botuese Onufri, Albanien.
Die französische Ausgabe erschien 2022 unter dem Titel
»Disputes au Sommet« bei Librairie Arthème Fayard, Paris.

Satz: Fotosatz Amann, Memmingen
Druck und Bindung: GGP Media GmbH, Pößneck
ISBN 978-3-10-397633-5
Kontaktadresse nach EU-Produktsicherheitsverordnung:
produktsicherheit@fischerverlage.de

I

An der Haltestelle auf der rechten Straßenseite steigst du in den Trolleybus der Linie 3 und fährst bis zum Puschkinplatz, wo das berühmte Denkmal steht. *Exegi monumentum,* du weißt schon. Gehe rechter Hand daran vorbei und überquere die Gorkistraße. Ein paar Schritte weiter, an der Kreuzung, beginnt der Twerskoj-Boulevard.

Ab hier ist alles ganz einfach. Wieder auf dem rechten Bürgersteig erreichst du zu Fuß in weniger als einer Minute das Eingangstor zum Gorki-Institut. Vielmehr, es taucht vor dir auf. Verstehst du, es ist plötzlich da, obwohl man vielleicht gar nicht damit rechnet …

Aber ich rechne natürlich damit. Seit Jahren träume ich von diesem Ort. Keine Ahnung, vielleicht ist das gar nicht so gut, denn wenn man etwas zu sehr will, verliert es mit der Zeit seinen Reiz. Für mich gilt das aber auf keinen Fall! Ich habe mich unglaublich angestrengt, um diese Chance zu bekommen. Die Trolleybusse wiehern schrill, wie wilde Pferde. Man muss aufpassen, ständig tritt man in irgendwelche Löcher. Dann erblicke ich es endlich, das berühmte Denkmal. Wie mir gesagt wurde, gehe ich rechts daran vorbei …

Was für ein Denkmal, mein Junge? Das ist doch dummes Zeug, hier gibt es kein Denkmal … Wie, gibt es nicht? Das Puschkin-Denkmal? Ich war schon so oft hier. Eine optische Täuschung, nichts weiter, ein Denkmal gab es hier noch nie.

Dass ich nicht lache, die ganze Welt kennt es: *Exegi monumentum* … Von wem außer dir sollte ich es denn sonst haben: *Ein Denkmal schuf ich mir* … Weiter, mein Junge! *Ein Denkmal schuf ich mir, kein menschenhanderzeugtes* … Ein *nerukotwornyj monument,* ein wundersames Monument also. Da bist du ihm aber schön auf den Leim gekrochen: Wenn nicht Hände, sondern Seelen es errichtet haben, kann es auch keiner sehen. Bloß ihr Dummköpfe, ihr Studenten des Gorki-Instituts.

Nein, so sind wir nicht. Noch viel schlimmer seid ihr. Jeder versucht, den anderen vom Sockel zu stoßen, um selber hinaufzuklettern. Denk an das Pasternak-Meeting? Das war doch etwas ganz anderes … Warst du dabei, hast du ebenfalls Parolen gebrüllt? Natürlich nicht! Was tatest du dann, während die anderen stänkerten? Ich starrte ein Mädchen an, dem die Tränen über die Wangen liefen. Seine Nichte, dachte ich …

Hoffst du nach all den Jahren auf ein Wiedersehen? Glaubst du, das Meeting ist immer noch im Gange? Kann sein. Eigentlich spricht vieles dafür. Das erstickte Geschrei dort hinten weist einem besser den Weg als die Tafel am Tor. Es hört nie auf, dieses Getöse, egal ob in Moskau oder Tirana.

Dieser böse Traum setzt mir seit Jahren zu, in den verrücktesten Varianten. Quietschende Trolleybusse auf holperigen, mit Schlaglöchern übersäten Straßen. Ein verleugnetes Denkmal. Tränenüberströmte Wangen. Das verführerische Moskau.

Ich war so wild entschlossen, darüber zu schreiben, dass es mir manchmal so vorkam, als seien die Buchstaben, die ich brauchte, bereits in der Ecke aufgestapelt und warteten nur darauf, endlich Wörter zu bilden.

Häuften sich in meinen Träumen Reisen, war es ein sicheres Zeichen dafür, dass es bald so weit war. Die nächtlichen Erlebnisse wurden immer konfuser und unlogischer. Der Trolleybus der Linie 3 verweigerte manchmal die Arbeit, so dass man die Peitsche einsetzen musste. Das gab mir zu denken. Ich war seit Jahren nicht mehr in Moskau gewesen, bestimmt hatte sich in der Zwischenzeit so manches geändert, aber dass man jetzt schon Trolleybusse auspeitschte? Unglaublich!

In Tirana ging die Kampagne »Lernen wir das wirkliche Leben kennen!« weiter. Fast sämtliche Schriftsteller hatten inzwischen Defizite in der Vertrautheit mit der Lebenswelt der Fabrikarbeiter eingeräumt, ganz zu schweigen von den Verhältnissen in den landwirtschaftlichen Genossenschaften. Ohne jemanden einzuweihen, hatte ich inzwischen an meinem Moskauroman zu arbeiten begonnen, jedoch war keineswegs sicher, dass etwas daraus werden würde. Tagsüber schien die Fertigstellung so außer Reichweite zu sein wie Moskau selbst, denn seit dem Abbruch der diplomatischen Beziehungen war die Chance, jemals wieder dorthin reisen zu können, gleich null. Zu später Stunde, ab Mitternacht, war es dagegen ein wenig anders. Beim Zubettgehen hoffte ich auf Träume, auch wenn sie sich immer seltener einstellten. Zudem wurden sie immer chaotischer, und ich wusste nicht genau, ob dieses Chaos meiner Unternehmung eher hinderlich oder nützlich war.

Es lief wohl auf einen Vorteil hinaus, denn anders als die Fabriken und Genossenschaften verlangte das Moskau meines Romans kein intimeres Kennenlernen.

In einem der Träume schleppte ich mich über den Puschkinplatz, um schließlich in einer Versammlung zu landen, an der die meisten Studenten teilnahmen. Obwohl ich eigentlich hätte vorbereitet sein müssen, war ich doch überrascht, als ich auf dem riesigen Transparent meinen Namen las. Dann begriff ich, dass das ganze Gebrülle und Gekeife gegen mich gerichtet war.

Zu den Schreihälsen gehörten auch einige Kurskollegen. Petros Antaios wusste nicht, wo er hinschauen sollte, und der Lette Stulpans, mein bester Freund, hatte sein Gesicht in den Händen verborgen.

Euer oberster Chef hat dich also aus Tirana angerufen, schrie ein erboster Belorusse. Euer Stalin, du weißt schon, ich habe seinen Namen vergessen.

Ich nickte verlegen, aber er war nicht zu beruhigen.

Wie viele Versionen gibt es von diesem Gespräch?

Höchstens drei oder vier, nicht mehr, hätte ich gerne beschwichtigend gesagt, aber ich konnte mich nicht mehr entsinnen, und außerdem wachte ich auf.

Der Anruf von Enver Hoxha hatte tatsächlich stattgefunden. Es war gegen Mittag, ich hielt mich wie üblich im Gebäude des Schriftstellerverbands auf, als der Chefredakteur der Zeitung *Drita* mir den Telefonhörer hinhielt. Jemand wolle mich sprechen.

»Ich bin Haxhi Kroi«, sagte eine Stimme. »Genosse Enver will mit Ihnen reden.«

Ich sagte danke, mehr brachte ich nicht heraus. Hoxha gratulierte mir zu einem Poem, das eben in der Zeitung abgedruckt worden war. Ich bedankte mich erneut. Es habe ihm sehr gefallen. Ich bedeutete den anderen im Raum, endlich still zu sein, bevor ich das nächste »Danke!« gleich zweimal hervorstammelte.

»Viermal Dankeschön«, sagte einer der Redakteure. »Seit wann benimmst du dich so manierlich?«

Es fiel mir keine bessere Warnung ein, deshalb beließ ich es bei einem erneuten Winken, das für sie schwer zu deuten gewesen sein muss.

»Das war Enver Hoxha.« Mehr brachte ich nicht heraus, als der Hörer wieder auf der Gabel lag.

Ach wirklich? Er selbst? Persönlich?

»Ja«, antwortete ich.

Also wie? Was wollte er denn? Und du? Du hast ja gar nichts gesagt.

»Ich weiß auch nicht.«

Etwas anderes fiel mir nicht ein, konsterniert, wie ich war.

Schließlich erzählte ich von dem Glückwunsch, und außer einem, der Verständnis äußerte, weil es einem in solch großen Momenten leicht die Sprache verschlage, kritisierten mich alle, da ich nichts Gescheites herausgebracht hatte.

Idiot, beschimpfte ich den Belorussen aus dem Traum.

In der Kampagne gegen Pasternak wurde sein Telefongespräch mit Stalin nach Mandelstams Verhaftung dazu benutzt, ihn in ein schlechtes Licht zu rücken. Das galt besonders für die Stelle, an der Stalin seine Meinung über Mandelstam wissen will. Fünf oder sechs Versionen waren im Umlauf, von weiteren wurde getuschelt, und eine war übler als die andere.

Idiot, schalt ich erneut den Belorussen, mehr aber noch mich selbst, weil ich solche Dinge träumte.

Das hinderte mich aber nicht daran, über weitere Varianten nachzudenken.

Genosse Enver will mit Ihnen reden … Was halten Sie von Mandelstam, ich meine, von Lasgush Poradeci? Oder Dhimitër Pasko und Petro Marko? Sie sind gerade wieder aus dem Gefängnis heraus, können aber leicht wieder dort landen. Beziehungsweise, wie denken Sie über Agolli, Qiriazi, Arapi, die bisher noch ums Gefängnis … herumgekommen sind. Oder fragen wir ohne Umschweife: Was hältst du von dir selbst?

Was den Letztgenannten anging, also mich selbst, war die

Antwort recht einfach: Ich möchte das wirkliche Leben schildern, wie wir alle. Allerdings gibt es eine noch unveröffentlichte Novelle über das Studentenleben in Moskau, die Anstoß erregen könnte, vor allem auch bei Genossin Nexhmije. Obwohl, der Ort, wo alles spielt, ist weit entfernt, ein Schriftstellererholungsheim in Dubulti an der baltischen Küste.

Was halten Sie von Pasternak?

Die Frage fühlte sich überraschend an, obwohl sie es absolut nicht war. In Wahrheit hätte mir keine ungelegener kommen können.

Pasternak? Mit dem hatte ich nie etwas zu tun. Vielleicht einmal ein Blick von weitem in Peredelkino. Wenn er in der Novelle erwähnt wird, dann nur wegen der Kampagne, vor deren Hintergrund die Handlung stattfindet. Im Gorki-Institut studierte eine Verwandte von ihm. Eine Studentin im zweiten Jahr, die ständig weinte. Die Gründe kann man sich denken.

Ich war entschlossen, mich möglichst lange bei Nebensächlichkeiten aufzuhalten, um der unvermeidlichen nächsten Frage zu entgehen, die mir noch bedrohlicher vorkam: Und was ist mit dem Nobelpreis?

Man konnte darauf wetten, dass die meisten Studenten trotz ihres scheinheiligen Gebrülls genau davon träumten. Aber die Frage zielte ohnehin auf mich. Sollte ich behaupten, das Thema hätte mich nie beschäftigt? Das ging natürlich nicht. Später, viel später, als gemunkelt wurde, ich stünde auf dieser … Liste, musste ich oft daran denken.

Aha, deshalb diese erstaunliche, ganz und gar unpassende Darstellung des Wirbels um Pasternak. Als sei da auch noch jemand anderes gemeint. Vielleicht sogar du selbst. Daher also diese krankhafte und zugleich erregende Nervosität. Du gegen dein ganzes Land, das dich beschimpft und dir seinen Hass und seine Liebe, eins geworden, ins Gesicht schreit. Gib diesen verfluchten Preis zurück, kreischen Studenten, schwangere Frauen, Grubenarbeiter aus Tepelena. Du bist konsterniert, unschlüssig, ob du ihn annehmen sollst oder nicht. Hamlets Zweifel, sozusagen. Und dann Sterjo Spasse, der Patriarch, der dich extra aufsucht, so wie Kornej Tschukowski damals zu Pasternak in die Datscha kam: Du bist wie ein Sohn für mich, heute bin ich noch für dich da, schon morgen vielleicht nicht mehr, um der Moskauer Erinnerungen willen, schlage dieses vergiftete Geschenk aus, sonst ist es bald zu spät!

Zum Glück erlebte ich solche nächtlichen Zustände nur selten. Meine Moskauer Streifzüge, wie ich es nannte, gingen zurück, als ich erste Aufzeichnungen für den Roman machte. Es war der einzige, der mich mehr als zehn Jahre kostete. Gelegentlich schrieb ich ein paar Seiten, gewissermaßen, um ihn bei Laune zu halten. Oder wenigstens zu beweisen, dass ich mich nicht ganz von ihm abgewandt hatte.

Es war, als hielte ich mir einen hübschen, aber ziemlich gefährlichen Vogel im Käfig. Manchmal war ich zornig auf ihn und natürlich auch auf mich selbst. Das hatte wesentlich damit zu tun, dass wir (der Roman, ich selbst, ein paar Mädchenlocken, Moskau, die Kunst) uns Gott weiß wem gegenüber verpflichtet fühlten, dieses … Zeremoniell zum Abschluss zu bringen.

Wenn ich mich bemühte, die Angelegenheit mit Ruhe zu betrachten, fand ich einigermaßen zur Normalität zurück. Es gab keinen Grund, die Dinge zu dramatisieren und mich zu beklagen. Und erst recht keine Verpflichtung und kein … Zeremoniell. Was mich antrieb, war das, was manche Berufung und andere Besessenheit oder einen Dämon nennen. Die Welt stellte sich mir gespalten dar: Der eine Teil eignete sich für das Buch, der andere nicht. Der ungeeignete Teil war im Vergleich zum ersteren unendlich viel größer, und dieser, der geeignete, bot mir auch nur selten Zugang. Zudem waren die Zeichen, die von ihm ausgingen, undeutlich, enigmatisch, und wenn man sie irgendwann doch erfasste, ließen sie sich nicht durchweg entschlüsseln.

Möglicherweise hatte sich Moskau genau an dem Tag im mir zugänglichen Teil der Welt eingefunden, an dem es für mich unerreichbar geworden war, und nur noch nächtliche Albträume an die Stelle verschwundener Flugzeuge, Visa und Landebahnen traten. Denn das verlässlichste Mittel, es dorthin zu schaffen, wo nicht einmal der bedrohlichste Panzer hinkam – so hatte ich es einmal ausgedrückt –, war der Roman.

Dass Moskau mir genau in dem Augenblick unersetzlich wurde, als es sich in Tiranas Hauptfeind verwandelt hatte, war nicht übermäßig verwunderlich. Pasternak stellte die Überraschung dar. Was hatte er in der Stadt zu suchen, die gerade in mein Reich aufgenommen worden war, zwischen Mädchenlocken und Briefen, in denen es noch immer hieß: »Hast du mir nicht versprochen, du würdest wiederkommen?«

Die Frage war: Konnte ich Pasternak in meinem Roman einfach auslassen? Wir waren ja schwer zusammenzubringen, er mit seinen quälenden Sorgen, ich mit meinen studentischen Kapriolen.

Je mehr ich mir einzureden versuchte, es könne nicht so schwierig sein, desto schwieriger kam es mir vor. Bis ich mich schließlich mit der offensichtlichen Unmöglichkeit abfand. Er war am Ort des Geschehens gewesen … Oder andersherum, ich war dort gewesen und konnte nicht einfach so tun, als hätten wir nichts miteinander zu schaffen gehabt. Alle waren wir betroffen gewesen, und daran würde sich nichts ändern, weil wir der gleichen Sippschaft angehörten: den Schriftstellern.

Verwandtschaft gehörte zu den Rätseln meiner Kindheit. Als ich wissen wollte, weshalb wir mit manchen Leuten verwandt waren, mit anderen aber nicht, antwortete Großmutter erst ausweichend, bis sie mir dann auf mein Drängen hin anvertraute, das bestimme allein der liebe Gott, aber ich dürfe es bitte niemandem weitersagen.

Die Antwort befriedigte mich nicht. Es schien mir ungerecht, dass wir gezwungen waren, die krumme Tante Bakushe zur Verwandtschaft zu zählen, nicht aber – beispielsweise – die hübsche Gymnasiastin Laura Mezini, die sich beim Gehen so anmutig in den Hüften wiegte.

Was hältst du von Mandelstam?

Boris Pasternaks Antwort »Wir sind verschieden, Genosse Stalin« wurde ständig als Beleg dafür angeführt, dass er seinen Freund in der Patsche hatte sitzenlassen.

Was hielt ich von Pasternak?

Die Antwort »Wir sind verschieden« wäre mir leichter gefallen, weil es einfach stimmte: andere Nation, anderer Staat, andere Zeit. Auch eine andere Religion. Und erst recht eine andere Sprache.

Trotzdem, die gleiche Sippschaft. Daran ließ sich nichts deuteln. Moskau war an dem Tag, an dem es begonnen hatte, sich für die Kunst zu eignen, ein Muss geworden. Infolgedessen machte der Dämon künstlerischer Verwandtschaftsbeziehungen auch Pasternak zum Muss.

Nach Lage der Dinge würde ich unausweichlich zwischen die Fronten geraten. Was hatte ich für Möglichkeiten? Mich auf die Seite des Dichters gegen den Staat schlagen. Auf die Seite des Staates gegen den Dichter. Oder neutral bleiben.

In der Zwischenzeit war etwas Unglaubliches passiert: Es

war plötzlich nicht mehr unmöglich, gegen den Sowjetstaat zu sein. Dies galt jedoch keinesfalls für Pasternak. Aus Sicht des albanischen Staates hatte sich sein sowjetisches Pendant erneut als jämmerlicher Versager erwiesen, aber nicht, weil es zu streng mit dem Dichter umging, sondern weil es ihm gegenüber zu viel Nachsicht übte!

Versetzen wir uns in eine Versammlung des noch ungeteilten sozialistischen Lagers: Genossen, Staaten, kommunistische Brüder, unser von der Weltbourgeoisie verhätschelter Dichter stellt uns vor große Probleme. Was ratet ihr uns? Für mich stand fest, dass jedenfalls zwei Staaten, Albanien und Nordkorea, sofort eine Antwort parat gehabt hätten: Was wir tun sollen? Das, was wir immer getan haben. Eine Kugel ins Genick, und die Sache ist erledigt.

Der Augenblick hatte also etwas bislang Unmögliches möglich gemacht: Ich konnte mich gegen den Sowjetstaat stellen. Doch die andere, an sich logische Option, Pasternak zu unterstützen, blieb illusorisch.

Gegen beide. Mit einem gegen den anderen. Mit beiden. Mit keinem. Alle diese Varianten erschienen abwegig. Der Gedanke an Neutralität blitzte auf und zerstob. Ich war Ausländer und nur ganz zufällig in diese Bredouille geraten. Sollten sie doch machen, was sie wollten, sich versöhnen, gegenseitig die Augen ausreißen. Was hatte ich damit zu tun? Ich war verschieden.

Was anders als ein schauriges Lachen passte zu diesem Gedanken. Ich war durchaus nicht zufällig in diese Geschichte hineingeraten, ich steckte mittendrin. Es war nicht eine einfache Verwandtschaftsangelegenheit, hier hauste das pure Grauen. Im Erdgeschoss seiner Datscha in Peredelkino, ausgestreckt auf seiner schmalen feldbettartigen Liegestatt, erwartete Boris Pasternak den Tod, ermordet vom Nobelpreis. Seit mehr als einem halben Jahrhundert wurde er verliehen, doch der russische Dichter war sein erstes Opfer. Die Zahl der Leidtragenden würde größer sein als sonst, Angehörige und Freunde, die Kinder, Sinaida Nikolajewna, viele Unbekannte, die Geliebte. Es war Mai, ich lebte noch in Moskau und spürte bereits vage die künftige enigmatische Verbindung mit ihm.

Die Jahre vergingen. Die Verbindung löste sich nicht auf, im Gegenteil: Sie war resistent gegen alles, auch meinen Willen.

Eine Zeitlang wusste ich nicht genau, ob mir der Weg zu Pasternak durch die Locken und Augen einiger Moskauer Mädchen gewiesen worden war, oder ob er mich dorthin mitgenommen hatte.

Das alles war eine Geschichte der Unmöglichkeiten. Es war unmöglich, diese Augen und Locken wiederzusehen, die ich so unbeschwert gefilmt hatte. Aber das bedeutete nichts im Vergleich zu einer anderen, grenzenlosen und unheilvollen Unmöglichkeit. Als wir uns vom Sowjetblock lösten, wiegten wir uns in der trügerischen Erwartung, diese Welt früher oder später ganz hinter uns lassen zu können. Doch die Zeichen wiesen in eine andere Richtung. Je mehr Zeit verfloss, desto unmöglicher wurde eine endgültige Abkehr. Pasternaks traurige Geschichte war nur einer von vielen Belegen dafür. Moskau und Tirana mochten sich gegenseitig erbarmungslos bekämpfen, aber im Fall der verfemten Schriftsteller waren sie sich in ihrem Urteil einig: Euer Ruf, ob gut oder schlecht, gehört in unsere Welt. Die Welt dort draußen dürft ihr getrost vergessen. Was von dort kommt, ist toxisch und bringt Unheil.

In dieser Welt hatte man mich gedruckt, und ein Nachteil war mir daraus bisher noch nicht erwachsen. Vor dem Skandal hatte dies auch für Pasternak gegolten. Die Veröffentlichung von *Doktor Shiwago* war in Moskau mit Schweigen quittiert worden. Wenn ich eine Gemeinsamkeit mit ihm teilte, war es das Schweigen. Und der andere Teil, die Aufregung? Noch nicht absehbar.

Das Buch über meine Jahre in Moskau war halb fertig, als die ersten Gerüchte in puncto Stockholm auftauchten. Ein neues Enigma, das Licht und Schatten auf die Seiten des Romans warf.

Ich hatte erwartet, die Gerüchte würden genügen, um mir den Wunsch auszutreiben, den Roman fertigzustellen. Das Sprichwort, man dürfe im Haus des Erhängten nicht vom Strick reden, wäre Warnung genug. Doch es kam anders. Auch noch später, als mein Name tatsächlich auf der Liste der Aspiranten auftauchen sollte.

Quasi um mich auf die Probe zu stellen, blätterte ich meine Aufzeichnungen durch, wurde aber nicht abgeschreckt, sondern fühlte mich sogar animiert, sie zu ergänzen, auch wenn sich meine Finger dabei immer steifer anfühlten. Erst waren es ein paar Zeilen, dann ganze Seiten. Die dringende Warnung, an auswärtigen Ruhm besser gar nicht zu denken, hinderte mich so wenig wie die Einsicht, dass wir alle nur auf Bewährung draußen waren.

Die Erinnerungen an Moskau waren noch frisch, weibliche Locken und Tränen und Brüste kamen darin vor, ganz unüblich für Albanien, doch Andeutungen auf Pasternak erschienen mir nicht statthaft. Anwärter auf den Nobelpreis zu sein bedeutete, das Stigma seiner gefährlichen Seite zu tragen. Mir war auferlegt, Pasternaks steinigen Weg, von dem ihn der Tod befreit hatte, weiterzugehen. Ich war der Schauspieler, der in diese Rolle schlüpfen musste, ob ich nun wollte oder nicht. Auch wenn ihn die anderen vergaßen, ich nicht, das erschien mir selbstverständlich. Aber es gab auch Tage, an denen mir, gerade umgekehrt, logisch erschien, dass alle über ihn sprechen konnten außer mir.

Zwischen Tag und Nacht tat sich mir immer wieder ein dritter Bereich der Zeit auf: den der Literatur. Sie war dem Traum so nahe, dass Sorgen und drohende Gefahren immer mehr verblassten, bis sie sich in Schattenbilder außerhalb des eigenen Ichs verwandelt hatten.

Genau dort war mir etwas Befremdliches, irgendwie Unangebrachtes oder sogar Unglaubliches gelungen: Ich hatte den unmöglichen Roman vollendet.

Meine Befürchtungen, die ich gerne Ängste nannte, waren im Kern doch nicht so dramatisch gewesen. Sie glichen mehr einem Spielzeug, das ich nach Belieben weglegen konnte, so wie man sich aus schwerem Schlaf befreien kann, wo das Grauen, so tief es sein mag, stets auch das Merkmal des Unechten trägt.

In bestimmten, noch selteneren Augenblicken, bei denen zu verweilen der Verstand aus bekannten Gründen nicht das Recht hatte, entdeckte ich in mir etwas Verwandtes: einen bedrohlichen Schrecken. Wie genau es beschaffen war, wann und gegen wen es von Nutzen sein konnte, das fand ich nicht heraus.

Der Roman war ein Ausdruck dieser Wahrnehmung. Da lag er vor mir, greifbar und einladend. Dies war für mich genug, um ihn als abgeschlossen zu betrachten. Vollendet. Fertig, in anderen Worten.

Ich stellte mir vor, wie vor über zweitausend Jahren das Publikum im Theater am Südhang der Akropolis den Atem anhielt, wenn Agamemnons Gattin den Ehemann, den sie Augenblicke später töten würde, im Augenblick des Wiedersehens doppeldeutig als »vollendeten Herrn« bezeichnete.

Meiner Meinung nach war der Roman vollendet, also fertig, was den Anhauch von reizvoll und tot zugleich hatte.

»Ach, eine Trilogie«, sagte der Verlagslektor, als er das Manuskript entgegennahm. »*Die Brücke mit den drei Bögen*? Heißt so das ganze Buch oder …«

»Der erste Teil und die ganze Trilogie.«

Er hatte die Unart, gerade übergebene Manuskripte noch in Gegenwart der Autoren durchzublättern.

»Zweiter Teil. *Die großen Paschaliks*«, murmelte er vor sich hin. »Spannend als Bindeglied. Und der dritte … Ach, da geht es ja um Boris Pasternak!« Er war sichtlich überrascht. Und, was ist schon dabei?, wäre ich fast herausgeplatzt. Stieß ihm auf, dass mein Name auf der Liste stand, oder fand er es eher gut?

Ich hielt dann doch den Mund und dachte: Warum, zum Teufel, fällt ihm in dem sechshundert Seiten starken Manuskript ausgerechnet der Name Pasternak auf?

Er lieferte die Erklärung selbst, indem er leise lächelnd auf das Manuskript schaute und murmelte: »Das ist also der Anfang des dritten Teils … *Doktor Shiwago* … Ein Arzt. Sehr schöner Einfall. Das kranke Russland braucht medizinischen Beistand …«

Ich atmete erleichtert auf. Meine Lust auf Erklärungen, die beim Betreten des Büros verflogen war, kehrte zurück.

»Also, eigentlich wollte ich schon immer über meine Studentenzeit in Moskau schreiben. Der Roman spielt hauptsächlich dort, beginnt aber woanders, in einem Schriftstellererholungsheim an der baltischen Küste in der Nähe von Riga. Stimmungsvoll, lyrisch. Romantische Sonnenuntergänge. Abendliche Tischtennispartien. Ein Mädchen namens Birgita, so heißt ungefähr die Hälfte aller Lettinnen. Noch ahnt niemand, dass bald der Sturm losbrechen wird, die große Spaltung des sozialistischen Lagers. Der fegt mit dem Herbst über Moskau hinweg. Dort wartet Doktor … Shiwago.«

Ich merkte, dass ich, eigentlich untypisch für mich, viel

zu viel redete. Ein Zeichen von schlechtem Gewissen, wahrscheinlich.

»Also, Pasternak kam eher zufällig ins Spiel.«

Als ich den Namen erwähnte, nickte der Lektor wieder zufrieden. »Wirklich brillant, diese paar Zeilen. Mehr ist nicht nötig, um die Sache auf den Punkt zu bringen.«

O weh! Ich versuchte, mir seine Überraschung vorzustellen, wenn er merkte, dass es nicht nur um ein paar Zeilen ging, sondern um den halben Roman.

Besser wäre es gewesen, ich hätte das Gespräch über den verteufelten Schriftsteller auf der Stelle beendet.

»Also, dann kam der Moskauer Herbst. Alltägliche Mädchengeschichten und irgendwo zwischendrin das Pasternak-Meeting.

Während der Versammlung wurde ich auf ein Mädchen aus dem Parallelkurs aufmerksam, dem die Tränen über die Wangen liefen. Jemand behauptete, es sei Pasternaks Nichte, was bei dem ganzen Geschimpfe und Gefluche über ihren Onkel die Tränen erklärte.«

Ganz allgemein hatte ich den Eindruck, dass Mädchentränen mich mehr beeindruckten, als gut war. So gebrauchte ich zum Beispiel sehr gerne Pashko Vasas Verse, um Albanien einmal anders zu präsentieren:

Weinet Mädchen, weinet Frauen
Benetzte Augen, feuchte Auen.

»Nicht wie sonst immer: Albanien im Lichte mittelalterlicher Archivalien. Oder der Konvolute des Vatikans. Oder der Marx'schen Ideen. Sondern beleuchtet von einem anderen Schimmer. Ein Tableau mit Tränen.«

Da war nur das Problem, dass wir schon lange nicht mehr wussten, wie man weint.

Die Erkenntnis, dass jeder Tölpel meinen Redeschwall durchschaut hätte, konnte mich nicht stoppen.

»Zwar war das Mädchen mit den benetzten Augen nicht wirklich seine Nichte, doch was für eine Rolle spielte das?«

Der Lektor weilte mit seinen Gedanken anderswo, das merkte man, denn er hörte mir nicht mehr richtig zu.

Wahrscheinlich fühlte er sich auch nicht wohl. (Ach Doktor, es geht mir nicht gut, Doktor Shiwago!)

So verabschiedeten wir uns ein wenig überstürzt voneinander.

Den ganzen Heimweg über wurde ich mir nicht schlüssig, ob er nun Bedenken gegen meinen Text gehabt hatte oder nicht. Womöglich waren sie durch meine superschlauen Kommentare erst geweckt worden.

Trotzdem konnte ich mit dem Rekapitulieren nicht aufhören. Das weinende Mädchen war also in Wahrheit nicht Pasternaks Nichte, sondern die Tochter seiner Geliebten Olga Iwinskaja, einer sehr sympathischen Blondine, über die damals viel geredet wurde. Warum, kann man sich denken.

Dass es sich um die neunzehn Jahre alte Irina handelte, war aber keine gute Botschaft, es machte alles wahrscheinlich nur noch schlimmer.

Im Monat darauf nahm ich schon beim Betreten der Abteilung für Romane an ihm die allen Autoren wohlbekannte Förmlichkeit eines Lektors wahr, der Vorbehalte gegen ein Buch hat.

Anders als beim letzten Mal wich er meinem Blick beharrlich aus.

Als ich auf seine Hände schaute, meinte ich ein leichtes Zittern wahrzunehmen.

Unglaublich. Wenn in diesem Büroraum jemand zu zittern hatte, dann war es der Autor.

»Das ist ein interessantes Buch«, sagte er, wobei er rechts an mir vorbeiblickte. »Drei Novellen oder Romane, die gewissermaßen durch einen roten Faden miteinander verbunden sind.«

Es hörte sich an, als habe er gerade eine ganz neue Entdeckung gemacht.

»Ja«, wiederholte er leise, »ein roter Faden. Fast könnte man von einem Triptychon sprechen, allerdings ... Also, Triptychon wäre dann doch etwas übertrieben. Aber ganz klar, es gibt einen Zusammenhang.«

»Einen Zusammenhang ...«, sprach ich ihm flüsternd nach. Dann machte er eine Bemerkung zur *Brücke mit den drei Bögen,* dem ersten Teil. Die Zahl drei gebe einen Hinweis auf die Struktur des Buches. Gewissermaßen.

»Ja, genau«, stimmte ich eifrig zu. »Drei Bögen. Ein Symbol. Sozusagen.«

Was redete ich nur für dummes Zeug.

Er bestätigte:

»Eine symbolische Drei.«

Danach beschäftigten wir uns ausführlich mit dem Begriff »Triptychon«, ehe wir ohne rechten Eifer, wie mir schien, zum zweiten Teil übergingen, der Novelle, die von Ali Pascha Tepelena handelte, dessen abgeschlagenen Kopf man zur Ergötzung der Menge im »Schandkasten« ausgestellt hatte. Ein Ketzer und Staatsverräter. Shiwago.

Ich konnte es kaum glauben: Anstatt nach der Erwähnung des »Schandkastens« das Thema eiligst abzuschließen, biss ich mich daran fest.

Der abgeschlagene Kopf des rebellischen Wesirs, im Zentrum des Osmanischen Reichs den gaffenden Augen der Hauptstädter dargeboten. Seine starren Augen. Die starrenden Augen der Menge. Der Schrecken, der dazwischen wohnte.

Bei einer Reise nach Istanbul hatte mir Professor Eqrem Çabej den osmanischen Begriff »ibret taşı« erklärt: Stein der Belehrung. Lerne aus dem, was anderen widerfahren ist. Wer hätte da nicht an etwas ganz Aktuelles gedacht?

Trotz alledem, ich ließ mich auf das Thema ein. Köpfen als Strafe für eine schwere Verfehlung. Der Kopf der gebotenen Belehrung: KGB … Ein Stöhnen: Doktor, Doktor!

Die Unterhaltung wurde immer riskanter. Und plötzlich wurde mir etwas bewusst. Dass ich es vermeiden wollte, über den besonders heiklen dritten Teil mit der Pasternak-Kampagne zu reden, war logisch. Aber warum wollte er es auch?

Er hatte den Staat auf seiner Seite und damit jede Möglichkeit, mir die Zähne zu zeigen. Mein lieber Freund, da gibt es ein paar sehr unerfreuliche Dinge, über die wir reden müssen. Und nicht nur einmal, wenn es nötig ist.

Aber er hielt sich zurück, als ob er sich mitschuldig fühlte an dieser Malaise. Um nicht von einer Heimsuchung zu reden.

Seine rechte Hand fing wieder leicht an zu zittern. Sein Blick wurde fast flehentlich. Doch diese Last konnte ich ihm nicht abnehmen. Er musste wissen, dass wenn, wenn wir bei einem Versuch, das Thema Pasternak zu vermeiden, nur vom Regen in die Traufe kamen.

Am liebsten hätte ich ihn gefragt, was ihm solche Sorgen machte. Dann kam mir die Erleuchtung. Es gab da etwas, über das man selten offen zu reden wagte: vor was sich die Lektoren, die uns Autoren so viel Angst einjagten, selber fürchteten.

D. D. (der Doppelte Dilaveri, wie wir ihn scherzhaft nannten) hatte mir einmal vorgejammert, wir Autoren, die sich ständig über ihre Lektoren beklagten, wüssten ja gar nicht, was diese jeden Tag auszustehen hätten.

Ich hatte damals nicht richtig zugehört, weil es um eine dieser Versammlungen getreuer Staatsdiener hinter verschlossenen Türen ging, die für uns tabu waren. Dort saßen unsere Aufpasser zusammen. Wenn sie sich schon beklagten, was sollten wir dann erst sagen.

Wenn man dem Doppelten Dilaveri glauben wollte, dann war ihre Arbeit wirklich kein Zuckerschlecken. Wurde ein Buch veröffentlicht und dann erst verboten, bohrte man nach: Wie konntest du als Lektor übersehen, was für ein Gift der Autor da angerührt hat? Aber aus dieser Klemme konnte man sich noch herausmogeln, wenn man die richtige Antwort kannte: Ich sehe nun selbst, wie naiv und oberflächlich ich war, was fraglos auf ein mangelhaftes Verständnis der unsterblichen Lehren von Marx und Lenin zurückzuführen ist. Damit habe ich mich gegenüber der Arbeiterklasse und dem Volk schuldig gemacht und erwarte nun von der Partei, dass sie eine angemessene Strafe gegen mich verhängt.

Viel schlimmer aber war der umgekehrte Fall, wenn die Frage nämlich lautete: Wieso hast du etwas bemängelt, das offenbar nur dir aufgefallen ist?

Das war ein herber Schlag, doch richtig in die Bredouille kam man, wenn nachgebohrt wurde: Hast du es womöglich absichtlich hineingelesen? Abgrundtiefes Schweigen! Der Verdacht wog plötzlich bleischwer: Was hat dich zu dieser bösartigen Interpretation veranlasst? Warum hast du vom Autor verlangt, jeden Hinweis auf die blinde Eifersucht und die homosexuellen Neigungen des Sultans zu streichen? Rede! Du wolltest wohl, dass der türkische Tyrann in günstigem Licht dasteht! Also, was hast du zu sagen?

Wir verließen den zweiten Teil der Trilogie und näherten uns zögernd der Gefahrenzone: Moskau. Es ließ sich nicht vermeiden. Dass wir uns beide nicht wohlfühlten, war offensichtlich. Seine Stimme klang merkwürdig leise, als er erläuterte, in dem Buch stünden zwei ... Dinge einander gegenüber, vielmehr zwei Kräfte oder Strömungen. Oder wie man es sonst nennen wollte. Jedenfalls, auf der einen Seite war der Sowjetstaat und auf der anderen der Schriftsteller Boris Pasternak. Besser gesagt, der Sowjetstaat stellte sich gegen den Schriftsteller Boris Pasternak, wobei man als das Besondere an diesem Fall hervorheben musste, dass beide Seiten, der Staat und der Schriftsteller, als gleich schlimm zu beurteilen waren. Um nicht zu sagen, einer war schlimmer als der andere. Du als Autor, und wir stehen natürlich auf deiner Seite ... Also, was ich meine, wir ergreifen für keinen der Kontrahenten Partei. Wir sind gewissermaßen weder noch. Oder anders ausgedrückt, wir schauen zu, wie sie sich gegenseitig die Augen auskratzen.

Weder noch, dachte ich und war ein wenig verwundert über diese Ausdrucksweise.

In Wahrheit nahm er vorweg, was ich selbst mir zurechtgelegt hatte, um mein Werk zu verteidigen. Ich war einfach nur Augenzeuge gewesen. Ganz zufällig hatte ich mich am Ort des Geschehens befunden. Mich einmischen? Auf keinen Fall!

Eigentlich war Neutralität nicht erwünscht, außerdem gab es dieses verdammte Getuschel um meine Person, weshalb die Beteuerung meiner Unparteilichkeit womöglich nicht besonders überzeugend klang.

Weder noch, dachte ich wieder, und eine gewisse Ruhe breitete sich in mir aus. Erstmals schaute er mir in die Augen, dann setzte er seine Ausführungen fort: Für den sowjetischen Staat können wir unter gar keinen Umständen Partei ergreifen, das ist klar. Aber das heißt nicht, dass wir den Schriftsteller unterstützen.

Wollte er auf etwas Bestimmtes hinaus oder mir nur zu verstehen geben, dass ich, natürlich ohne es zu wollen, auf der Seite des Schriftstellers gelandet sei?

Also, der Sowjetstaat … Das ist komplett unmöglich! Bei diesen Worten schüttelte er angeekelt den Kopf. Das musste ganz deutlich betont werden, schließlich gab es ja immer wieder Nostalgiker, die sich zum Beispiel nach den schönen russischen Liedern zurücksehnten. Dabei wusste man, wenn solche Erscheinungen auftraten, waren die Verschwörungen nicht weit. Hatte ich von den kürzlich erfolgten Verhaftungen gehört, selbst im Verlag?

Unsere Blicke verhakten sich ineinander. Deshalb war er also so vorsichtig. Ich wartete nur darauf, dass er mich fragte: Was tust du mir an, Junge, musstest du ausgerechnet dieses Thema wählen?

Aber ich hatte Glück. Er begnügte sich damit, weiter über Pasternak herzuziehen.

Der Sowjetstaat könne, wenn es nach ihm gehe, getrost in Schutt und Asche versinken, aber Pasternak sei ebenfalls … einfach unerträglich. Das wiederholte er dreimal, wobei er mich nicht aus den Augen ließ.

Gewiss, pflichtete ich eilig bei, aber bestimmt könne man aus meinem Buch auch nichts anderes herauslesen.

Nein, natürlich nicht, davon sei er überzeugt, fiel er mir ins Wort. Niemand könne das behaupten! Nie und nimmer!

Ich erlaubte mir die Bemerkung, bei Konfrontationen dieser Art seien die Leute nun einmal geneigt, denjenigen zu bemitleiden oder zu bedauern, der alleine dasteht.

Genau, rief er, du stehst alleine da. Ein Sechstel der Erdbevölkerung beschimpft dich, so beschreibst du es ja. Vielleicht sogar die Hälfte … Und du schweigst.

Genau … Du schweigst, und alles um dich herum erscheint finster, hoffnungslos. Du spürst die Blicke aus der Menge, manche hasserfüllt, die meisten verächtlich, ganz wenige mitleidig. Gut, das schmerzt, aber du, ich meine Pasternak … also niemand, dem so etwas widerfährt, sollte darauf aus sein, im Unglück etwas zu erleben, das ganz selten vorkommt, die Verschmelzung von Finsternis und Licht gewissermaßen, den Rausch des Untergangs.

Du haderst: Schimpf ruhig, primitives, hirnloses Volk … Und dann, zu deiner Verblüffung, als seiest du plötzlich hinter ein streng gehütetes Geheimnis gekommen, empfindest du tatsächlich so etwas wie eine morbide Bewunderung für diesen Haufen.

Du hast diese Leute auf Kundgebungen applaudieren, schallend lachen sehen, doch plötzlich bekommst du ein ganz anderes, düsteres und bedrohliches Bild von ihnen. Und du beginnst erneut zu wüten: Schimpft nur, tobt, eines Tages werdet ihr mir vielleicht dankbar sein, dass ich euch die Möglichkeit dazu gegeben habe.

Obwohl wir versuchten, uns möglichst lange beim unbeschwerteren Teil des Romans aufzuhalten, der abendlichen Dämmerung an der baltischen Küste, dem Tischtennisspiel, dem nachdenklichen Blick, mit dem ein Mädchen den hin und her fliegenden Ball verfolgte, letztlich konnte nichts den trübseligen Moskauer Herbst aufhalten.

In der Stille, die uns umgab, empfand ich das Umblättern der Seiten fast körperlich. Wir kamen zum Beginn des vierten Kapitels, dem gestöhnten »Doktor, Doktor« … ganz Russlands, doch nun ließ er keine Anzeichen von Heiterkeit mehr erkennen wie bei meinem ersten Besuch.

Halt noch ein bisschen durch, dachte ich und meinte die gleichgültige Miene, die ich zu meinem Schutz aufgesetzt hatte. Tröstlich war immerhin, dass er sich nicht negativ äußerte.

Wir kamen zu der alkoholvernebelten Nacht, in der die betrunkenen Schriftsteller sich gegenseitig erzählten, was in ihren Büchern stand, mit dem unglücklichen Ende, dass sich ein Mongole aus dem Fenster im dritten Stock stürzte.

Was hielt er von dem weinenden Mädchen?

Wie bitte?

Ich erklärte, dass ich das Mädchen meinte, das ich irrtümlich für Pasternaks Nichte gehalten hatte, obwohl es eigentlich die Tochter seiner Geliebten war …

Er nickte. Immerhin kam ich schon zum dritten Mal auf sie zu sprechen, und er wusste sogar noch ihren Namen, Irina, aber mir machte es nun einmal Spaß, den Zerstreuten zu spielen. Diese Passage war gewissermaßen mein Rettungsring, und ich war nicht bereit, ihn einfach wegzugeben. Schließlich ging es wieder um Mädchentränen, und die Atmosphäre war beschwingt wie am Anfang des Romans. Nostalgie eben.

Sie hieß wirklich Irina, und nicht nur, dass ihre Mutter ein Verhältnis mit Pasternak eingegangen war, sie selbst war auch noch mit einem Franzosen liiert.

Ach, tat er verwundert. Das war ihm im Roman nicht aufgefallen, und ich beteuerte umgehend, ich hätte diesen Handlungsstrang kurz gehalten, um ihm nicht zu viel Gewicht zu geben.

Mit einer Gleichgültigkeit, die mir fast beleidigend erschien, sagte er noch einmal Ach.

Ich gab nicht auf.

»Wir nannten ihn *frantsuzskj zhenikh,* den französischen Verlobten. Damals wurden Verlobungen mit Ausländern noch geduldet. Bei der Grenzabfertigung auf dem Flughafen von Tirana meldete man das aus Moskau mitgebrachte Tonband- oder Fernsehgerät an, um dann mit der gleichen Selbstverständlichkeit das Fräulein an seiner Seite als Verlobte zu präsentieren.«

»Ja, davon habe ich gehört«, sagte er.

»Heute möchte man es gar nicht mehr glauben«, fuhr ich fort, »aber damals machte es noch nicht einmal etwas aus, wenn die junge Dame ein kleines Dickerchen auf dem Arm hatte. Amüsant, oder nicht?«

Wenn man wollte, konnte man Zustimmung in seinem Blick als Bestätigung erkennen, amüsant, ja schon, während ich rasch ein entschiedenes »aber« folgen ließ.

»Aber das galt natürlich nur für uns Burschen aus dem Osten, aus dem sozialistischen Lager. Wenn einer aus dem Westen kam, sah es ganz anders aus. Deshalb war Irinas ›französischer Verlobter‹ eine ziemliche Sensation.«

»Schon klar«, sagte er mit demonstrativer Teilnahmslosigkeit. Offensichtlich war er dabei, sich auf seine schauspielerischen Tugenden zu besinnen.

»Trotz ihrer Tränen war sich Irina am Anfang noch nicht bewusst, welche Ausmaße der Skandal wirklich hatte. Ihre Freundin Dalija Epšteinaitė erzählte gerne Tratschgeschichten, wenn sie mit den Balten aus unserem Kurs zusammenhockte. Angeblich hatte ausgerechnet Irina ihr von einem kuriosen Vorfall im Trolleybus erzählt. Eine Frau war mit dem Schaffner in Streit geraten und hatte ihn angekeift: ›Was glaubst du eigentlich, wer ich bin? Ein Flittchen? Nee, ich bin keine *Shiwaga,* verstanden!‹«

»Schau einer an«, meinte der Lektor, ohne vom Manuskript aufzuschauen. Am Rand hatte er sich bestimmt Notizen gemacht.

»In Moskau hatte das Geschimpfe inzwischen ja geradezu planetarische Ausmaße angenommen.«

Diesmal dauerte es eine Weile bis zu seinem »Hm!«. Nach einer weiteren kleinen Pause sagte er: »Aber dieser Pasternak war ganz sicher auch kein Engel.«

Ich musste wieder an dessen berühmt-berüchtigtes Telefongespräch mit Stalin denken. Von allem, was man Pasternak anlastete, wog dieses Telefonat am schwersten, vor allem der Satz: »Wir sind verschieden, Genosse Stalin!«

Einen Moment lang rechnete ich damit, dass er den denkwürdigen Dialog ansprechen würde, realisierte aber sofort, dass dem Lektor genau bewusst war, dass Mandelstam genauso wie Anna Achmatowa oder auch Ernest Koliqi in Albanien auf der schwarzen Liste stand.

»Also, ein Engel war er bestimmt nicht«, fuhr er fort.

Für den Fall, dass er mich kritisierte, dies nicht erwähnt zu haben, legte ich mir eine Antwort zurecht: Was hätte das schon gebracht, er war ohnehin schon völlig kompromittiert. Wahrscheinlich hätte er mir sogar zugestimmt, aber eventuell beanstandet, dass ich mich nicht wenigstens ironisch darüber ausgelassen hatte. Doch wer wusste schon, wie dies aufgenommen worden wäre?

Zu meinem Glück begab er sich nicht in dieses Labyrinth von Für und Wider hinein. Zwar schürzte er mehrmals missfällig die Lippen, ließ es aber bei diesem Hinweis bewenden.

»Das Gezeter ließ sich nicht aufhalten. Alles lief aus dem Ruder, und natürlich hatte jeder das Recht, sich zuerst selbst aus der Gefahrenzone zu bringen.«

Dann tauchte in meinem Kopf wieder die Frage auf, ob er inzwischen wusste, dass ich auf dieser verdammten Liste stand. Das führte zu der Einsicht, dass ich mich vielleicht besser nicht in zu große Nähe zu Pasternak rückte, weil diese ganze Geschichte letztlich weniger mit spionierenden Schriftstellern oder Dantes Hölle zu tun hatte als mit mir selbst.

Wir sind unterschiedlich, Genosse Stalin!

Eine gewisse Gleichgültigkeit befiel mich, Vorbote einer großen Lethargie. Auch das ist überstanden, dachte ich, während er weiter im Manuskript blätterte. Was ich überstanden hatte und was noch auf mich zukam, wusste ich nicht so genau.

Dann nahm die Folter ein Ende. Er legte das Manuskript zur Seite und murmelte:

»Das wars dann. Warten wir ab, was die anderen dazu meinen.«

Wer diese anderen waren, wusste man nicht genau, man konnte nur Vermutungen anstellen. Das ZK-Büro, irgendein anderes Büro, das im Geheimen wirkte. Der Vorgesetzte des Lektors. Bestimmt der Vorgesetzte des Vorgesetzten. Und über allem gab es vermutlich noch einen Chefaufseher.

Als ich das Büro verließ, war ich sehr erleichtert. Er hingegen stand da wie eine Salzsäule. Ich redete mir ein, es sei besser, nicht zu viel nachzudenken. Hauptsache, es war erst einmal vorüber. Meine Erleichterung war buchstäblich. Eine große Last schien von mir abgefallen zu sein.

Meistens bedeutete das Warten auf die endgültige Entscheidung eine Quälerei, doch diesmal fühlte es sich anders an. Ich hätte mich ewig gedulden können.

Nur selten dachte ich an das Manuskript, und wenn, dann ohne Anspannung. Die Staatsanwälte waren an der Arbeit. Eigenartigerweise zählte ich alle dazu, die irgendwie mit dem Roman zu tun hatten.

Als der Lektor anrief, wäre mir fast herausgerutscht: Was, so schnell?

Anscheinend konnte er Gedanken lesen, denn er sagte, ich hätte Glück mit meinem Buch gehabt, da die Druckerei in den letzten Wochen nicht voll ausgelastet gewesen sei.

»Es ist also schon erschienen?« Meine Überraschung war nicht gespielt.

»Ja, natürlich«, antwortete er mit einem gewissen Stolz. Am Nachmittag könne ich vorbeikommen, um mir das erste Exemplar abzuholen.

»Ach, wie schön«, antwortete ich und verkniff mir gerade

noch die Bemerkung, die Staatsanwälte hätten diesmal aber schnell gearbeitet.

Als wir uns dann gegenüberstanden, sagte ich es doch.

Er schaute mich überrascht an.

»Welche Staatsanwälte? Die kommen erst ins Spiel, wenn ein Buch gedruckt vorliegt.«

»Das heißt, es ist noch nicht vorbei?«

»Die Staatsanwälte greifen nur selten ein«, sagte er. »Wenn Gesetze gebrochen werden. Ich blicke da, ehrlich gesagt, auch nicht ganz durch ... Aber du solltest dir keine Gedanken machen. Glückwunsch zum Buch.«

Ein wenig zaghaft griff ich danach. Ich kannte das Gefühl bereits, und es war anders, als die Leute es sich vorstellten. Nicht wirklich angenehm. Etwas Abweisendes, fast Bedrohliches ging von dem Buch aus. Stammte es wirklich von mir? Es schien sich durch die Verwandlung in jedermann zugängliche Buchstaben von mir ... entfremdet zu haben.

Mein erster Impuls war, den Vertrieb zu stoppen.

In meiner Panik wünschte ich mir etwas Aberwitziges: die Rückverwandlung des gedruckten Buches in ein Manuskript und dann ins bloß Gedachte.

Dann wurde es noch surrealistischer: Ich beobachtete mich dabei, wie ich als fahrender Sänger mit wohltönender Stimme und weit ausgestrecktem Arm die Ballade von Boris Pasternak vortrug.

Nach Stockholm ging er, der treulose Unhold ...

Sie war ziemlich naiv und kindlich, diese Idee, aber ich fand Gefallen daran. So machte ich weiter, und zwar erst im Stil der nordalbanischen Rhapsoden und dann nach der Art der Volkssänger meiner südalbanischen Heimatstadt.

Maxim Gorki dreht sich im Grabe
Durch Moskau geistert einer mit Zarengehabe ...

Jetzt reicht es aber, sei vernünftig, schalt ich mich selbst. Schluss mit den Kapriolen, komm endlich zur Sache ... zum Kern. Dieser ... Kern war schnell heraus und ließ sich nicht mehr einfangen:

Als man es Sinaida sagte
Rang sie die Hände und klagte

Ich hatte immer noch nicht genug, und so ersetzte ich Pasternaks Ehefrau erst durch die tränenreiche Irina und am Ende sogar durch Helena ...

Der Lektor starrte mich an, während ich nach bestimmten Stellen im Buch blätterte. Inzwischen kam mir der erste Teil, dieser gesegnete Beginn an der Tischtennisplatte im Baltikum, viel zu kurz vor, Dantes Inferno dagegen endlos überdehnt. Diese blöde Gleichsetzung der Etagen des Studentenwohnheims mit Dantes Höllenkreisen hättest du dir getrost ersparen können, dachte ich. Vor allem aber wären die spitzelnden Schriftsteller nicht nötig gewesen ... Stammte das wirklich alles von meiner Hand? Selber schuld, gut, aber diesem Tölpel von Lektor hätte schließlich auch etwas auffallen können. Und dann gab es ja auch noch die Staatsanwälte.

Ich schaute vom Buch auf und erkundigte mich nach den Verhaftungen im Verlag.

»Es sieht gar nicht gut aus«, antwortete er. »Bei den Verhören lassen sie nicht locker.«

»Viel Arbeit für die Staatsanwälte«, sagte ich in gespielt beiläufigem Ton.

»Mhm«, machte er. Wie sollte ich das verstehen? Dass

nach der Entlarvung der Verschwörer in Armee und Wirtschaft mit weiteren Schlägen zu rechnen war? Dass keiner sich sicher fühlen durfte?

So stand es also. Jeder machte sich seine Gedanken, klar, aber wie offen dieser Typ hier mit so heiklen Themen umging, war schon erstaunlich.

»Man muss damit rechnen, dass an Stellen, wo niemand es erwartet, weitere Verschwörungen aufgedeckt werden«, fuhr er fort. »Beim Erdöl, danach vielleicht beim Chrom. Beispielsweise.«

»Aha! Gibt es denn Hintermänner im Ausland, zum Beispiel in der Sowjetunion?«

»Das muss man abwarten«, sagte er. Damit wollte er wohl sagen, dass er etwas wusste, aber keine Auskunft geben durfte.

So ist das also, dachte ich. Deshalb wissen die Staatsanwälte nicht, wo ihnen der Kopf steht.

Er senkte die Stimme:

»Meiner Meinung nach kommt dein Roman genau zur richtigen Zeit. Eine echte literarische Ohrfeige für Moskau.«

»Wirklich?«, stieß ich verblüfft hervor.

Er senkte die Stimme noch mehr:

»Man hat sich in letzter Zeit ein bisschen zu wenig um die Russlandfreunde hier bei uns gekümmert. Die geben doch keine Ruhe. Das ganze Süßholzgeraspel über Moskau, den russischen Winter, dir brauche ich das nicht zu sagen, du kennst dich besser aus als ich. Aber dein Roman bringt sie zum Schweigen. Darin lernen wie ein ganz anderes Moskau kennen.«

»Natürlich«, stimmte ich eifrig zu. »Ein ganz anderes …«

Wenigstens die spitzelnden Schriftsteller hätte ich weglassen sollen. Diesen Typ gab es auch bei uns. Also, wenn man es schon mit den Ähnlichkeiten hatte, es gab vieles, das bei uns sehr ähnlich war. Eigentlich alles. Kein Wunder, wenn man bedachte, wie lange wir ein Herz und eine Seele gewesen waren. Die gleichen Gewohnheiten, die gleichen Unsitten, wie immer man es nennen mochte.

Irgendwie wirkte dieser Gedanke beruhigend auf mich. Wenn es um Ähnlichkeiten oder das Abschauen ging, musste man ohnehin von einem Geben und Nehmen sprechen. Wahrscheinlich übernahm sogar Moskau die schlimmeren Dinge von Tirana.

Der beschleunigte Rhythmus meiner Gedanken schlug sich im Tempo beim Durchblättern nieder. Ich bemerkte, dass es nach den Spionen noch andere gefährliche Passagen gab, aber jetzt war ich schon daran gewöhnt.

Soll es doch ruhig Ähnlichkeiten geben, hätte ich am liebsten ausgerufen. Hauptsache, ich selber war nicht ähnlich.

Keinem. Pasternak nicht und auch sonst niemandem.

Auch wenn sie sich noch so anstrengten, sie konnten unmöglich behaupten, ich sei ähnlich. Ihm oder irgendjemandem.

Ich bin unterschiedlich, Genosse Stalin. Anders als Achmatowa, anders als Nadeschda Mandelstam, vielmehr ihr Ehemann. Vor allem aber anders als Pst. Und diese Liste, die durfte man getrost vergessen. Jeder konnte mit Listen daherkommen.

Ich merkte, wie mein Elan plötzlich erlosch. Hatte der Lektor etwas gesagt? Ironisch gelächelt, als ich so heftig im Buch blätterte, dass die Seiten fast in Fetzen gingen? Es war viel schlimmer, denn der Spott kam aus dem Buch selbst. Es war ein Satz, der sich mitten im vierten Kapitel in den Hinterhalt gelegt hatte. Ich hätte ihn gerne ignoriert, aber es gelang mir nicht. Wie hatte ich mich nur dazu verleiten lassen, aus dem Brief eines russischen Mädchens zu zitieren?

»P. S. Gestern wurde im Radio den ganzen Tag über vom Verrat eines Schriftstellers gesprochen, und da musste ich an dich denken.«

Ich war wie erschlagen. Ich Idiot, da war mir etwas aus der Feder gerutscht, was ich krampfhaft zu verbergen versucht hatte. Nun stand ich nicht nur auf einer Ebene mit Pasternak, dem abtrünnigen Schriftsteller, sondern nun, also im Jahr 1976, auch noch auf der Liste, auf der er ebenfalls gestanden hatte, und das schon zum zweiten Mal. Und dass es herausgekommen war, hatte ich nicht einem bourgeoisen Provokateur zu verdanken, sondern meiner ehemaligen Moskauer Freundin, die es mit Zärtlichkeiten und süßen Worten hatte: »Ach mein kleiner Verräter, lass die Russen und die Albaner ruhig gemeinsam über dich lästern, du hast ja mich …«

Schrecklich, dachte ich. Dann schalt ich mich erneut einen Idioten, während ich die Moskowiterin mit einem »Sei still, *moya blyad*« belegte. Für die Kunst hatte ich das gleiche Schimpfwort übrig, zum ersten Mal in meiner Karriere.

Weiterzublättern, um mich endgültig von der Treulosigkeit des Buches zu überzeugen, erübrigte sich nun. Moskaus Finsternis übertrug sich ganz von selbst auf Tirana, sämtliche Spione und Höllenkreise und auch die Pockenepidemie am Ende eingeschlossen.

Was tut ihr mir nur an? Dieser Vorwurf war gleichermaßen an mich selbst, die junge Dame mit dem Brief und meine Kunst gerichtet. Doch zugleich richtete das Buch auch eine Kampfansage an mich, störrisch und verächtlich: Halte mich auf, wenn du dich traust! Du hast es in der Hand.

Gefangen wie in einer Falle, starrte ich eine Weile lang ins Leere. Ja, es lag in meiner Hand, dieses unheilvolle Wunderwerk aufzuhalten. Ich musste nur den Lektor bitten, mir ein wenig Zeit zu geben, um das Buch noch einmal durchzusehen und Verbesserungen vorzunehmen. Selbstverständlich wäre ich auch bereit gewesen, die bereits entstandenen Kosten zu übernehmen …

Du willst den Roman zurückziehen? Dann trau dich!

Ein winziger Moment reichte für die Entscheidung. Ich konnte es nicht.

Niemals! Nie im Leben …

Ich musste daran denken, wie ich im Buch während der Epidemie mit dem Mädchen aus dem Brief, das ich gerade als Hure bezeichnet hatte, als lebender Toter durch Moskau ritt. Für sie war ich aus dem Grab auferstanden, um ein Versprechen einzulösen, so wie in der alten Ballade, die ich seit Jahren zu einem Roman verarbeiten wollte, ohne es bislang geschafft zu haben.

Ich fühlte mich sterbensmüde. Gleichzeitig bestärkte mich die Episode am Ende des Buches in meiner Entschlossenheit, das mir vielleicht drohende Schicksal auf mich zu nehmen. Kein Gedanke mehr an eine Bitte um Aufschub.

Da war er wieder, der Rausch des Untergangs, stärker denn je, und mit ihm der Doppelsinn des Wortes, das man als »beendet« oder »vollendet« übersetzen konnte. Vor zweitausendfünfhundert Jahren, im Theater der Akropolis, hatte eine Frau ihren Ehemann so angesprochen, den zu ermorden sie im Begriff stand: »Du, des Hauses vollendeter Herr.«

Im letzten Teil meines Buches gab es beides, die Vollendung und den Tod, denn manchem Kunstwerk war dieses Schicksal beschieden: dass es nicht vollendet genannt werden konnte, ehe das Ende nicht erreicht war.

II

Pasternak (dot) com. Und dann all die anderen Namen: Ossip Mandelstam. Irina Jemeljanowa. Josef Stalin. Anna Achmatowa. Nikolai Bucharin. Nadeschda Mandelstam. Olga Iwinskaja. Georges Nivat. Sinaida Nikolajewna. Anne Nivat. Café Saint Claude (existiert nicht mehr). Peredelkino (dot) com.

Unglaublich.

Das Wort ist leicht ausgesprochen, auch ohne dass man seine Bedeutung ermisst. Unglaublich viel Zeit war vergangen bis zu diesem Tag im Jahr 2015, ein Uhr nachmittags, als ich in einem Café in der Rue Monsieur-le-Prince in Paris am Fenster saß, während in einem kleinen Restaurant hinter meinem Rücken meine Frau Helena und Irina Jemeljanowa zum Mittagessen auf mich warteten.

Weißt du über Irotschka Bescheid? Ja, sie war es, das Mädchen mit den traurigen Augen aus meinem Moskauroman.

Unglaublich, *neweroyatnyj*, war es schon gewesen, als uns die Irina meiner Moskauer Jahre zum ersten Mal in unserer Pariser Wohnung am Boulevard Saint-Michel 63 besucht hatte.

»Ich traue meinen Augen nicht!« Ich sagte es auf Französisch, Russisch und Albanisch und wäre keinesfalls verwundert gewesen, wenn sie ihre Hand erhoben hätte, um sich nach so langer Zeit endlich die berückenden Tränen aus dem vergangenen Jahrhundert abzuwischen.

Ob Irina wohl wusste, woran ich gerade arbeitete? Ich hätte mir gewünscht, dass Helena bereits auf die drei Minuten aus Pasternaks Leben zu sprechen gekommen wäre, über die ich gerade schrieb.

Falls also Helena es nicht bereits getan hatte, um eine gewisse Enttäuschung darüber abzuwenden, dass es bei meiner Rückkehr zu diesem Thema so wenig Pasternak gab, würde ich ihr erklären müssen, dass es bei diesen drei Minuten immerhin um das berühmte Telefongespräch mit Stalin ging, und, wenn das auch noch nicht reichte, die Gründe für diese Wahl darzulegen haben.

Ich versuchte auszurechnen, wie viele Minuten das siebzigjährige Leben von Boris Pasternak umfasst hatte, und kam auf eine Zahl irgendwo zwischen dreißig und vierzig Millionen, ehe ich erschöpft aufgab und mich der Frage zuwandte, ob ich meinen wunderlichen Einfall vielleicht mit einer gewissen Verehrung für einen der beiden Gesprächspartner erklären konnte, Pasternak oder, Gott bewahre, Stalin! Oder glaubte ich, bei einem von ihnen oder beiden ein Rätsel zu entdecken? Oder bei mir? Oder doch kein Rätsel, bei niemandem?

Ich fand es nicht heraus, obwohl ich mich einer Antwort mehrmals nahe wähnte.

Ach, diese drei Minuten! Sie gehörten in das … hatten stattgefunden im … wie konnte man es bei drei Minuten in dem derart weit zurückliegenden Jahr 1934 am besten formulieren? Also, sie ließen sich einem Juninachmittag vor achtzig Jahren zuordnen. Zum ersten Mal hatte ich im Alter von zweiundzwanzig Jahren davon gehört, während meines ersten Monats in Moskau. Ein Unwetter war über Pasternak hereingebrochen, und diese drei Minuten wurden am häufigsten erwähnt. Manche fragten sich, weshalb sie ausgerechnet jetzt wieder so wichtig geworden waren, nachdem lange Zeit kein Mensch mehr ein Wort darüber verloren hatte. Andere antworteten, man brauche sie eben für die Attacke auf den Dichter.

Die Fragen und Mutmaßungen hörten nicht auf. Immer wieder kehrten sie zu diesem denkwürdigen Nachmittag zurück. Die Erzählungen unterschieden sich. Ich hatte dreizehn Versionen entdeckt, ehe ich mir die Frage stellte, was mich an diesen drei Minuten eigentlich so faszinierte.

Ich fand es nicht heraus, was nicht bedeutete, dass ich aufgegeben hätte.

Die Erklärung hauste jenseits von unmöglich, sie war unangebracht. Ein böses Signal aus einer fremden Welt. Der Dichter und der Tyrann gehörten einfach nicht zusammen. Aber es gab auch Widerspruch. Ob man wolle oder nicht, hier habe man es mit zwei Ausformungen desselben Phänomens zu tun: Herrschaft. Jeder war der Gefangene des andern, im gleichen Kreis der Hölle. Quälend und zerstörerisch beide, egal, ob drei Minuten, drei Jahrhunderte oder drei Jahrtausende.

Das Rätsel, das sie umgab, war ihnen jedenfalls gemeinsam. Der Dichter betrat die Bühne nicht aus eigenem Willen, sondern weil die Gesetze der Tragödie es so verlangten.

So fanden die drei zusammen, Pasternak, Stalin und Mandelstam. Die beiden Poeten, der Tyrann dazwischen. Der erste Gedanke, der einem kam, war reizvoll: Zwei Dichter, die sich zusammenschließen, um den Tyrannen zu stürzen.

Sie verachteten ihn beide, wenn auch eher im Stillen als öffentlich. Mandelstam nannte ihn den »Bergmenschen im Kreml«, und Pasternak hatte ihn folgendermaßen beschrieben: »Dieser koboldhafte, unproportioniert gebaute Jemand war nicht größer als ein zwölfjähriges Kind und hatte ein altes, übergroßes Gesicht.« Nun hatten sie ihn zwischen sich, zwei gegen einen, um ihn nach Art der Dichter niederzukämpfen.

Aber auch Tyrannen haben ihre Tricks. Stalin wusste, wie man einen Keil zwischen das mächtige Poetenduo treiben konnte. Die Legende vom im Stich gelassenen Freund zielte auf eine ganze Generation. Ein Vierteljahrhundert danach trug sie im Moskauer Nobelpreisherbst Früchte. Noch einmal ein halbes Jahrhundert später, im dritten Jahrtausend, hatte sie sich überall etabliert, in Paris, Tokio, New York. Jede Sekunde, jedes Detail wurde ausgewalzt, jedes Wort, jede Pause dazwischen, sogar die Atemzüge der Beteiligten. Es geschah am Nachmittag oder am frühen Abend. Das Telefon klingelte. Worte wurden gewechselt. Das erste zögernde Schweigen. Der weitere Verlauf. Anfangs glichen sich die Zeugnisse, dann nur noch ein wenig, schließlich gar nicht mehr. Am Ende kam die Rückkehr zur Ähnlichkeit.

Wir hatten allen Grund zu rätseln. Am Anfang stand die Frage, ob der Dichter dem Tyrannen unterlegen war, am Ende ging es darum, ob er beim Volk verloren hatte oder nicht. Von den dreizehn Versionen, die mir vorlagen, erhob jede einzelne hartnäckig Anspruch auf die exklusive Wahrheit.

Bei der ganzen Geschichte kühlen Kopf zu behalten, empfahl sich aus naheliegenden Gründen.

Also, wir hatten den Juni 1934, Ossip Mandelstam war kurz zuvor verhaftet worden. Ganz Moskau redete von dem Ereignis, als am dreiundzwanzigsten Tag des Monats ein Telefon klingelte. Der Anrufer war Stalin, sein Gesprächspartner hieß Boris Pasternak. Damit begann alles. Tatsächlich wäre es angebracht gewesen, von drei Beteiligten zu sprechen: dem Duo Mandelstam-Pasternak auf der einen und dem Tyrannen auf der anderen Seite. Zunächst schien klar, dass der Tyrann die beiden in der Hand hatte. Auf den zweiten Blick war man sich nicht mehr so sicher, wer hier wen in der Hand hatte.

Auf jeden Fall bildeten die Dichter ein Duo, und einer war bedeutender als der andere. Der Tyrann dagegen stand allein.

Man kannte Zweier- oder Dreiergruppen von Dichtern, nach eigenem Verständnis oder aufgrund der Zuordnung durch andere.

Das Duo Mandelstam-Pasternak war eine Zeiterscheinung, fast Mode. So sehr, dass Anna Achmatowas berühmte Testfrage »Pasternak oder Mandelstam? Kaffee oder Tee?« umgehend sprichwörtlichen Charakter annahm. Von wem sollen wir reden, liebe Gäste, von Pasternak oder Mandelstam? Was wollt ihr trinken, Kaffee oder Tee?

Es gab noch mehr solche Typisierungen, oft weit hergeholt und abwegig wie der Vergleich mit Hamlets Genossen Rosenkranz und Güldenstern, manchmal aber auch schmerzhaft zutreffend: Pasternak in der Datscha, Mandelstam in der Lagerbaracke. Der eine befand sich stets auf der Gewinnerseite, der Zweite war ein ewiger Verlierer. Und das setzte sich fort bis zum Tod, der sie so sehr trennte, wie sie schließlich in ihm vereint waren. Pasternak, der in der Datscha starb, die man dem Verfemten ließ, weil ihn das wahrscheinlich mehr kompromittierte als alle Verwünschungen. Und Mandelstam, den der Tod in der Sanitätsbaracke eines Durchgangslagers ereilte.

Den einen brachte ein Nobelpreis um, der die ganze Welt in Aufregung versetzte, den anderen töteten Typhus und Hunger, und niemand erfuhr etwas davon. Ihre Tode waren so unterschiedlich und so gleich, wie es nur Tode sein können.

Auf dieser Welt gleichen sich Dichter, ob im Glanz des Ruhms oder im Unglück.

Mandelstam und Pasternak waren sich ähnlich, ohne es zu wissen. Und ohne es zu wollen.

Sie waren fast gleichaltrig. Beide Mittelgroß. Beide Mütter

jüdische Pianistinnen, die Rubinstein verehrten. Beide wurden im Winter geboren. 1922 lernten sie sich kennen. Beide heirateten im gleichen Jahr. Sie unternahmen Reisen in den Kaukasus, der eine nach Georgien, der andere nach Armenien. Sie hatten Schuldgefühle gegenüber dem einfachen Volk. Sie litten an Depressionen. An Schlaflosigkeit.

Ihre Ausstrahlung auf andere spiegelte diese Ähnlichkeit wider.

Man mochte alle beide.

Oder keinen von ihnen.

Man imitierte sie.

Manche wollten sein wie der eine.

Andere wie der andere.

Wieder andere wie beide.

Um die Atmosphäre, die sie umgab, zu verstehen, muss man sich in das Russland der beiden ersten Jahrzehnte des vergangenen Jahrhunderts zurückversetzen. Gleichsam in Vorahnung der beispiellosen Dürre, die sich mit den Namen Krupskaja und Lenin verband, war das literarische Leben durchdrungen von einer phänomenalen, beängstigend morbiden, aber im Ganzen wundervollen Empfindsamkeit. Literarische Strömungen von unerhörter Vielfalt entstanden und verschwanden, Futuristen, Symbolisten, Akmeisten, Postmodernisten, Vor- und Nachmystiker. Überall schossen literarische Clubs und Salons aus dem Boden, das Mäzenatinnentum blühte. Die Programme waren unscharf, die Nachrichten verblüffend. Von Alexander Blok, dem mondänsten Poeten der Zeit, glaubte man, er sei 1921 der heimliche Vorsitzende der Schriftstellerorganisation gewesen, zugleich aber auch im nämlichen Jahr an Unterernährung gestorben. Ein Dandy, der aus Lust und Laune auf der Bühne den Hamlet gab. Die uferlosen Streitereien, wer der russischen Sprache Schlimmeres antat, die Anwälte oder die Zahnärzte, verflochten sich mit den Gerüchten um die fünf Sinjakowa-Schwestern, in die sich früher oder später alle verliebten, einschließlich des »Derwischs Chlebnikow«. Dieser hatte sich einige Jahre vor seinem Tod im Jahr 1922 selbst zum Präsidenten des Erdballs ausgerufen und war Miterfinder der »transmentalen« Kunstsprache *Zaum*. Es gab reichlich Forderungen zum Zweikampf, wobei der 29. Januar bevorzugt wurde, der Tag von Puschkins Tod im Duell. Selbstmorde waren stets willkommen, umso mehr, als ihre Zahl gerade dramatisch zurückging. Obwohl Pasternak als Eigenbrötler galt, war er gleichsam aus Pflichterfüllung sowohl in Duelle als auch in Suizide verstrickt. Gleichfalls Pflicht war die Teilnahme an lyrischen Soiréen, die mit Plakaten beworben wurden, auf denen ganz selbstverständlich die Warnung zu finden war: »Im Anschluss an den Vortrag wird der Dichter Shengeli eine Tracht Prügel beziehen.« In die gleiche Kategorie gehörte sicherlich auch ein Satz von Pasternak, den seine Geliebte Iwinskaja bezeugt: »Für mich ist nur das Schlechte gut.«

Niemand konnte für sich in Anspruch nehmen, gegenüber den Absonderlichkeiten der Zeit standhaft zu bleiben, vor allem, wenn es um Parallelen ging. Dass Puschkin die Einladung des Zaren zu einem Ball akzeptiert hatte, auf dem der Herrscher den Dichter wieder in seine Gunst aufnahm, wurde unterschiedlich bewertet. Einige erblickten darin einen fatalen Fehler Puschkins, andere die Voraussetzung dafür, dass die russische Literatur über zehn Jahre hinweg um wahre Kleinode bereichert werden konnte. Dass diese Polemik direkt mit der Einstellung der zeitgenössischen Dichter gegenüber der kommunistischen Führung, vor allem Stalin, zu tun hatte, war unschwer zu erkennen. Beobachter des literarischen Lebens versäumten es nicht, gelegentlich beiläufig festzustellen, dass Puschkins Herzensdame Natalja Nikolajewna und Pasternaks Angebetete Sinaida Nikolajewna den Vatersnamen gemein hatten. Und dann wanderten die Gedanken wie selbstverständlich zu dem kaiserlichen Ball, auf dem der Zar den eben in die Hauptstadt zurückgekehrten Dichter an den Schultern fasste und an seine Höflinge gewandt sagte: »Dies ist mein Puschkin!« Man dachte auch an den ersten Kongress des sozialistischen Realismus einhundertacht Jahre später, auf dem Bucharin die Eröffnungsrede hielt und Pasternak als Präsidiumsmitglied eine der Sitzungen leitete. Aus dem Halbschatten seiner Loge beobachtete Stalin »seinen Pasternak«, zwei Monate nach dem Telefongespräch, und spekulierte vermutlich darauf, dass diese Schriftsteller, so hochfahrend sie auch auftreten mochten, sich nun endlich fügten, alle nacheinander und ohne Ausnahme, vom schroffen Sturkopf Bulgakow über die koketten Damen Achmatowa und Zwetajewa bis hin zum hoffnungslosesten Fall, nämlich Platonow.

Spitzel gab es genug, die Informationen beschafften. Das ging von Schrullen und Unpässlichkeiten bis hin zu heimlichen Geliebten. Pasternak zum Beispiel trug ohne erkennbares Missfallen den Lorbeerkranz des bedeutendsten Poeten des Landes. Mandelstam? Unbekannt. Auch in ihrer Schlaflosigkeit unterschieden sie sich, wenn man zwei der fünf Schwestern S. vertrauen konnte. Und so ging es weiter.

Die Speichellecker wunderten sich, was Stalin an den Spleens dieser Leute so interessierte. War es nicht besser, man schaute einfach zu, während sie sich gegenseitig die Augen auskratzten?

Schön und gut, aber es war nicht so leicht zu durchschauen, was im Moskauer Chaos gerade vor sich ging. Überall war man unerwartet mit Zweifeln und Vorbehalten konfrontiert. So fuhr mir zum Beispiel eines Tages, als ich am Puschkin-Denkmal vorbeikam, durch den Kopf, dass es eigentlich überhaupt nicht dem entsprach, was er sich gewünscht hatte.

Mehr als der Gedanke selbst in seiner Schroffheit erstaunte mich, dass ich voll und ganz von seiner Richtigkeit überzeugt war. Gewöhnlich kritzelte ich während langweiliger Vorlesungen im Heft herum, doch diesmal versuchte ich den ganzen Tag den ersten Vers von Puschkins Gedicht *Exegi monumentum* zu übersetzen:

Ja pamjatnik sebe wosdwig nerukotwornyj

Wie den meisten Kommilitonen aus meinem Kurs, die versuchten, den Satz in ihre jeweilige Sprache zu übertragen, kam er mir unübersetzbar vor. Es war das Schlüsselwort *nerukotwornyj*, an dem alle hängen blieben.

Ein Denkmal schuf ich mir,
kein menschenhanderzeugtes

Wie ausgeklügelt sich das anhörte.

Ob man es nun als religiöse Anwandlung nahm, als Anmaßung oder Blasphemie, diese Behauptung spielte mit dem Unmöglichen. Der Dichter behauptete, er habe vermocht, sich ohne Einsatz der Hände ein Denkmal zu setzen, was zugleich bedeutete, dass Augen es nicht sehen konnten. Dass es nicht da war. Und somit alles andere als das erwünschte Monument.

Die Aussage ließ sich demnach umformulieren: *Ein andres Denkmal schuf ich mir, als ich es wollte*. Logischerweise hätte man aber als Erbauer eines vom Dichter nicht gewünschten Denkmals andere Menschenhände angenommen, ein Umstand, aus dem ihm das Recht entstanden wäre, sein Gedicht noch einmal anders zu beginnen: *Ein Denkmal schuft ihr mir, wie ich's nicht wollte*.

Dass es oft ein Problem zwischen den Denkmälern und

den dargestellten Persönlichkeiten gibt, fiel in Moskau ganz besonders auf. Manchmal beschönigte die Bronze die Not ein wenig, doch gab es auch Fälle, wo sie schon von weitem ins Auge stach.

Einmal machte ich David Samojlow gegenüber eine entsprechende Bemerkung, dem Übersetzer und Lektor einer Sammlung meiner Gedichte, die in Moskau auf Russisch veröffentlicht werden sollte. Er schaute mich nur wortlos an.

Dieser Blick gefiel mir ganz und gar nicht, so dass ich beinahe schnippisch erklärt hätte, auf bedenkliche Blicke verstünde ich mich auch, zumal mir Stulpans kurz zuvor im Vertrauen mitgeteilt hatte, David Samojlow heiße in Wirklichkeit David Kaufman, ohne dass jemand erklären könne, weshalb er seinen Nachnamen geändert hatte.

Mit dem Fortschritt des Buches lichtete sich das geheimnisvolle Dunkel um Samojlow. Hinter seinem etwas scheuen Auftreten verbarg sich ein vormals bedeutender Dichter, der nun zum Übersetzer für kleine Sprachen herabgesunken war. So hatte sich wieder einmal Stulpans ausgedrückt, sehr zu meinem Missfallen. (Während ich wiederum zum Übersetzer für Albanisch herabgesunken war.)

Ich beherrschte mich mit Mühe, wandte aber immerhin ein, sein Lettisch sei auch eine kleine Sprache. Als alles in allem friedfertiger Mensch besänftigte er meinen Ärger, indem er diesen Sachverhalt sofort zugab. Natürlich, das stimmt, beteuerte er mehrmals und behauptete sogar, Albanisch sei in Europa angesehener als die baltischen Sprachen.

Später erfuhr ich, und zwar wieder von Stulpans, dass Kaufman Umgang mit dem Kreis um Pasternak und Anna Achmatowa hatte, was mir sehr gefiel. Mir schien, je angesehener er dort sei, desto seriöser werde auch das von ihm lektorierte Buch ausfallen.

Der geheimnisvolle Samojlow wurde für uns immer wichtiger, als der Skandal um Pasternak losbrach und dieser wegen seines dreiminütigen Gesprächs mit Stalin durch den Schmutz gezogen wurde. Von dir erwarten wir die zuverlässigsten Nachrichten, sagte Stulpans eines Tages grinsend. Ich begriff nicht gleich, dass er von Samojlow als Informationsquelle sprach, der sich im Umfeld von Pasternak und Achmatowa bewegte und deshalb Lidija Tschukowskaja, Samjatin und wahrscheinlich sogar Mandelstam selbst kannte.

Ich nahm die Information dankbar auf, antwortete aber, die Beziehung sei wohl nicht so eng, dass man sich heikle Interna erwarten dürfe.

»Die Beziehung …«, wiederholte er nachdenklich.

»Hör zu«, fuhr er dann fort. »Wenn es in Moskau überhaupt jemand gibt, der Aufklärung über dieses Gespräch schaffen kann, so ist es dein Dawid Kaufman.«

Ich lachte. Dann lachten wir abwechselnd. Ich warf ihm vor, von mir zu erwarten, dass ich Kaufman dazu überredete, Pasternak nach dem Gespräch auszufragen.

»Warum auch nicht?«, gab er zurück.

»Genau«, sagte ich, und er sagte ebenfalls: »Genau!«

Eine Weile lang schlugen wir uns mit dem Wort herum, bis er schließlich sagte: »Jetzt mal sachte, eins nach dem andern.« Ich stimmte zu.

Zwei Personen hatten miteinander gesprochen. Wollten wir die Wahrheit herausbekommen, konnten wir beide fragen oder eine von ihnen. Diese eine Person konnte nur Pasternak sein. Wer auch sonst, Stalin?

Er beugte sich vor und starrte mich aus großen Augen an. »Genau«, sagte er mit dumpfer Stimme, »Stalin …«

Ich hätte meine Augen noch weiter als er aufreißen, mir die Haare raufen, losbrüllen können … Das Unausdenkbare war ausgesprochen. David Samojlow, mein Kaufman: nicht Pasternak musste er fragen, auch nicht sämtliche Akmeisten oder die Hälfte der Futuristen samt den fünf Schwestern S., und auch nicht die ganzen übrigen Stutzer vom Twerskoj-Boulevard, sondern Stalin höchstpersönlich. Und zwar nicht, weil er diesem nahegestanden hätte, sondern weil er mit der Tochter Swetlana Allilujewa … auch als Sweta Stalina oder unter dem Kosenamen Swetik bekannt, lange verbandelt gewesen war.

Das wusste inzwischen halb Moskau, mich natürlich ausgenommen … Stulpans strahlte stolz, während er mit dem Zeigefinger vor meiner Nase herumfuchtelte. Es sei sogar ein Epigramm des Trunkenbolds Mischa Swetlow im Umlauf: *Trudno ljubit prinzess / Ushasno mutschitel'nyj prozess*, was in Prosa übersetzt bedeutete: *Es ist schwierig, Prinzessinnen zu lieben, ein schrecklich schmerzhafter Prozess*. Diese Aussage ließ sich um die doppeldeutige Bemerkung eines anderen Verehrers ergänzen: Mit der kleinen Stalina zu schlafen, sei wie mit einem Mausoleum Liebe zu machen.

Gegen meinen Willen war ich in eines der gefährlichsten Geheimnisse Moskaus eingeweiht worden. Immer wenn ich Samojlow begegnete, zerbrach mein Entschluss, ihm endlich die fatale Frage zu stellen, an seiner eingefrorenen Miene.

Einmal hatte ich einen Traum, in dem er mir in seinem holprigen Albanisch von der Affäre mit Swetik berichtete.

Ich bin getroffen mit Swetik in Haus von Mikojan. Gar nicht war kalt. War Vulkan. Aber nicht mehr jetzt. Nicht fragen Einzelheit, njet. Das gefährlich.

Ich nickte. Sicher, Einzelheiten waren immer gefährlich. Aber danach wollte ich ja gar nicht fragen, sondern nach etwas viel Einfacherem. Zum Beispiel nach dieser dreiminütigen Unterhaltung mit Pasternak.

Ohne mir richtig zuzuhören, wiederholte er: Viel gefährlich, puh!

Dann wachte ich auf.

III

Auf das Telefongespräch zwischen Stalin und Pasternak und die Vielzahl der davon überlieferten Versionen wurde ich erneut durch eine Schrift mit dem Titel *Stalin und Pasternak* aufmerksam. Sie stammt von Izzy Vishnevetsky, einem Russen, der sie 2009, also in der Zeit des Nachkommunismus, veröffentlichte.

Die Studie ist eine weitgehend sachliche Auseinandersetzung mit dem im Jahr 2008 in Moskau erschienen Buch *Stalin und die Schriftsteller* eines anderen Russen: Benedikt Sarnow, Absolvent des Gorki-Instituts und bekannter Literaturkritiker.

Izzy Vishnevetsky behandelt die einzelnen Varianten in der ihm eigenen unprätentiösen Art und kommt zu dem Ergebnis, dass Sarnows zwölf Versionen eigentlich noch um eine dreizehnte ergänzt werden müssten.

Ich persönlich bin geneigt, dem ehemaligen Studenten des Gorki-Instituts ein wenig mehr zu glauben, aus dem vielleicht begreiflichen Grund, dass wir dieselbe Bildungsstätte besucht haben.

Es gibt also eine ganze Anzahl von Versionen. Schon zwei wären genug, um das Ereignis gründlich zu vernebeln. Vishnevetsky zufolge gibt Sarnow in seinem Buch zu jeder Version den Zeitpunkt und die Umstände der Entstehung an. Im November 1933 hatte Mandelstam das berüchtigte stalinkritische Gedicht verfasst, im Jahr 1934 wurde es in einem kleinen Kreis von Freunden vorgelesen. Die erste

Verhaftung Mandelstams fällt in den Mai des desselben Jahres. Er wird in die Lubjanka eingeliefert, verhört und wahrscheinlich gefoltert. Im Juni findet das Telefongespräch zwischen Stalin und Pasternak statt. Die Orte: Am einen Ende der Leitung befindet sich Stalins Büro im Kreml, am anderen Pasternaks Wohnung in der Wolchonka-Straße 14 in Moskau.

Es folgt der Wortlaut des Telefonats, wie er im Archiv des KGB dokumentiert wurde.

1. VERSION

Wersija Perwaja. In sämtlichen Dokumenten wird das auf der neulateinischen Bildung »versio« beruhende Wort »Version« verwendet.

> *B. Pasternak erhielt einen Telefonanruf von Poskrjobyschew, der sagte:*
> *»Genosse Stalin wird jetzt mit Ihnen sprechen.«* (Sejtschas s wami budet goworit towarischtsch Stalin.)
> *Tatsächlich nahm Stalin den Hörer ab und sagte:*
> *»Der Dichter Mandelstam ist kürzlich verhaftet worden. Was können Sie über ihn sagen, Genosse Pasternak?« Boris war offensichtlich sehr verwirrt und antwortete:*
> *»Ich weiß sehr wenig über ihn! Er war ein Akmeist, und ich gehöre einer anderen literarischen Richtung an! Also kann ich nichts über Mandelstam sagen.«*
> *»Und ich kann sagen, dass Sie ein sehr schlechter Genosse sind, Genosse Pasternak!«, sagte Stalin und legte den Hörer auf.*

Nach Angabe von Izzy Vishnevetsky stammt dieser Text aus einem Buch von Witali Schentalinski mit dem Titel *Sklaven der Freiheit. Aus den literarischen Archiven des KGB*. Erschienen ist es im Jahr 1995 in Moskau in russischer Sprache.

Wer den Wortlaut aufgezeichnet hat, wird nicht mitgeteilt. Der Gesprächsinhalt ist so formuliert, dass er sich leicht als Gerücht in Umlauf bringen lässt. Er passt nicht nur zum Niveau der Menschen, an die es gerichtet ist, sondern auch zur Alltagssprache der damaligen Zeit. Der vierfache Gebrauch des Wortes »Genosse«, eines der meistverwendeten Begriffe des Sozialismus, in einem gerade einmal zehnzeiligen Text ist dem verfolgten Zweck nützlich. Für jemanden, dem das Gerücht zu Ohren kommt, klingt die Botschaft so: *Genosse* Stalin rief den *Genossen* Pasternak an, um ihm deutlich zu machen, dass *Genosse* Pasternak ein schlechter *Genosse* ist.

Mehr blieb beim ersten Hören schwerlich hängen.

Die Verhaftung wird zu Recht als bekannt vorausgesetzt, etwas, das für den Grund nicht gilt. Bei kühler Betrachtung ist das kein Nachteil. Gründe für eine Verhaftung wurden bekanntgegeben oder auch nicht. Schließlich konnte, wenn man ein Stück weiterdenkt, eine Verhaftung ja auch ganz grundlos erfolgen.

Nun wird Pasternak zwar nur auf den bitteren Umstand der Verhaftung, nicht aber auf den Auslöser angesprochen (antisowjetische Tätigkeit, Agitation und Propaganda ...), aber dennoch verlangt man von ihm eine Stellungnahme zum Kollegen persönlich und zu dem, was ihm widerfahren ist. Die eigentliche Frage lautete somit: Was meinst du dazu, dass wir deinen Freund verhaftet haben? Liegen wir richtig oder falsch?

Pasternak äußert sich vage, was als Ausdruck der Verstörtheit oder Angst gedeutet werden kann, aber auch als Ablehnung, sich auf diese Art von Dialog mit dem Staat einzulassen.

Heute, aus dem Abstand von über achtzig Jahren, sind viele Fragen möglich, unendlich viele.

Warum rief Stalin an, und warum war Pasternak überrascht? Die Verhaftung eines bedeutenden Dichters wäre in London oder Paris als ungewöhnlich wahrgenommen worden, nicht aber im Moskau des Jahres 1934. Was erwarteten der Dichter und der Tyrann voneinander? Hatten sie etwas zu verbergen und beide Angst vor dem, was sie zu verbergen hatten?

Die einzige eindeutige Aussage stammt von Stalin: »Sie sind ein sehr schlechter Genosse, Genosse Pasternak.«

Das ist ziemlich wenig für zehn Zeilen, die dann über ein Jahrhundert hinweg ständig gedeutet und umgedeutet wurden.

Auf der Suche nach einer überzeugenderen Interpretation erscheint es angebracht, den Wortlaut im Einzelnen zu analysieren.

Zählt man die Ankündigung des Sekretärs Poskrjobyschew nicht mit, dass Stalin mit dem Dichter sprechen wird, enthält diese Version des Telefonats letztlich vier wesentliche Aussagen.

Die ersten beiden stammen von Stalin, der erst Mandelstams Verhaftung erwähnt und dann Pasternaks Meinung dazu wissen möchte. Pasternaks verschwommene Antwort mündet in der Äußerung, nichts über Mandelstam sagen zu können. Das vierte und letzte Kernelement des Gesprächs ist Stalins Missfallensbekundung gegenüber seinem Gesprächspartner: »Sie sind ein sehr schlechter Genosse, Genosse Pasternak.«

Wenn man dem Rätsel dieses Telefonats auf die Spur kommen möchte, muss man am Ende der Unterhaltung ansetzen. Es liefert die Erklärung dafür, warum Stalin überhaupt angerufen hat.

Ausschließen lässt sich, dass der Anruf rein informativen Zwecken diente. Dass eine Meinung abgefragt werden sollte, erscheint plausibler. Auch wenn Stimmungstests selten von den Chefs persönlich vorgenommen werden, kann diese

Möglichkeit nicht ausgeschlossen werden. Doch wäre Stalin in diesem Fall sicher deutlicher geworden. Wir haben Mandelstam verhaftet. War das falsch? Haben wir voreilig gehandelt? Oder sind wir womöglich viel zu lange geduldig geblieben?

Pasternak hätte in diesem Fall unter drei Antworten auswählen können:

Erstens. Einen bedeutenden Dichter kann man nicht einfach verhaften. Zweitens. Recht ist ihm geschehen, sollen es sich alle anderen eine Lehre sein lassen. Drittens. Ich weiß nicht, was Sie von mir hören wollen, ziehen Sie mich nicht in diese Sache hinein. Ich bin nicht er.

Pasternak gab die dritte Antwort.

Wie Stalin auf jede dieser Erwiderungen reagiert hätte, lässt sich leicht ausmalen. Im ersten Fall: Dass es nicht statthaft ist, einen bedeutenden Dichter zu verhaften, glaubst du bloß, weil du vom gleichen Schlag bist. Im zweiten Fall: Du meinst, ihm sei recht geschehen? *Molodets!* Gut gemacht! So wünscht sich die Partei ihre Künstler, unnachgiebig gegenüber dem Feind. Im dritten Fall: Aha, du weißt nicht, was du sagen sollst!

Bei der dritten Reaktion ist man nicht auf seine Vorstellungskraft angewiesen, denn sie ist bekannt. Unerwarteter, konfrontativer, vernichtender, schockierender hätte sie nicht sein können:

Du bist ein schlechter Genosse!

Bei dieser Aussage will man seinen Ohren nicht trauen: Stalin bedauert Mandelstam, der in Handschellen in der Lubjanka einsitzt?

Das genügt eigentlich, um die Frage neu zu stellen: Was wissen wir wirklich über diese Angelegenheit, was wissen wir nicht beziehungsweise nehmen wir irrtümlich an?

Hat es wirklich stattgefunden, das Telefonat zwischen

dem obersten Chef des Landes und dem berühmten Dichter, oder ist die ganze Geschichte frei erfunden?

Letzteres kann ausgeschlossen werden. Die Verhaftung hat tatsächlich stattgefunden, zahlreiche Quellen bestätigen dies. Dasselbe gilt für die Verhöre durch einen oder mehrere Staatsanwälte, auch die Folter steht außer Frage.

Und schließlich starb jemand. Dieser Tod wurde nicht nur glaubhaft bezeugt, er gab dem Ganzen auch seine Bedeutung.

Die Geschichte hatte drei Protagonisten, Pasternak, Stalin und Mandelstam. Ossip Mandelstam war derjenige, der festgenommen und verurteilt wurde und letztlich im Gulag umkam. Dahinter treten die meisten anderen Fragen zurück, bis auf eine: Warum ging ausgerechnet der zugrunde, der aller (Stalin möglicherweise eingeschlossen) Mitgefühl genoss, und zwar zu seinen Lebzeiten und nicht erst im Tod?

Dass hier etwas nicht zusammenpasst, ist auf den ersten Blick erkennbar und sicherlich einer der Gründe, wenn nicht sogar der Hauptgrund dafür, dass man sich nach fast einem Jahrhundert wieder verstärkt mit dem Ereignis beschäftigt. Theaterstücke und Studien werden verfasst, neue Interpretationen angeboten, und Zeitungen überall auf der Welt erinnern an den Junitag des Jahres 1934, als Stalin sich bemüßigt fühlte, zum Telefon zu greifen. Immer endet die Geschichte damit, dass er den Hörer auflegt, aber es hat noch keiner wirklich Licht in die Sache gebracht. Die Fragen bleiben. Was ist tatsächlich geschehen? Was haben Stalin, Pasternak und womöglich der Tote selbst zu verbergen?

Jemand, der sich auf die Erforschung des Unbekannten einlässt, könnte am Ende zu dem Schluss kommen, dass dreizehn Versionen nicht etwa zu viel, sondern viel zu wenig sind.

2. VERSION

Wir bleiben bei Izzy Vishnevetsky und seiner Quelle Benedikt Sarnow. Zuerst fällt auf, dass in der zweiten Version eine Zeugin benannt ist, nämlich Galina von Meck, die Großnichte von Tschaikowski, Schriftstellerin, Übersetzerin und wahrscheinlich Mandelstams Geliebte. Was sie zu berichten hat, steht im Kapitel »Preserve My Speech« ihrer Memoiren *As I Remember Them*, erschienen 1973 bei Dobson in London.

Hier der Wortlaut:

Es war kurz vor Mandelstams Verbannung, als sich eine kleine Handvoll Freunde des Dichters traf, um zu beraten, wie sie ihm helfen könnten. B. Pasternak ließ auf sich warten. Endlich klingelte es an der Tür. Unser Gastgeber Jewgeni Chasin ging hin, um zu öffnen, und kam mit Pasternak zurück. Boris sah aufgewühlt, besorgt und aufgeregt aus.

»Mir ist etwas Schreckliches passiert!«, sagte er. »Schrecklich! Und ich habe mich wie ein Feigling verhalten!« Dann erzählte er es uns. Am Vormittag, er saß gerade bei der Arbeit, kam ein Anruf, und eine unbekannte Stimme wollte wissen, ob Genosse Pasternak am Apparat sei. Boris bejahte, und die Stimme sagte: »Warten Sie, Genosse Stalin wird mit Ihnen sprechen!«

»Ich stand unter Schock!«, sagte Pasternak (Ja byl w schoke!). *Kurz darauf war Stalins Stimme mit dem charakteristischen georgischen Akzent zu vernehmen: »Eto towarischtsch Pasternak?«*

»Ja, Genosse Stalin«, antwortete Pasternak.

Stalin: »Wie ist Ihre Meinung über Ossip Mandelstam? Was sollen wir mit ihm machen?«

Anstatt sich für Mandelstam einzusetzen, stammelte Pasternak etwas wie (chto-to wrode)*: »Sie wissen es am besten, Genosse Stalin.«*

Stalin antwortete spöttisch: »Mehr haben Sie nicht zu sagen? Wenn unsere Freunde in Schwierigkeiten steckten, wussten wir, wie wir für sie kämpfen mussten!«

Dann legte Stalin auf.

Von dieser Zeugin mit dem für Russland etwas ungewöhnlich anmutenden Nachnamen von Meck, die eine Vertrauensstellung eingenommen zu haben scheint, hätten wir uns in dieser zweiten Version etwas Neues erhofft. Etwas, das den Kernaussagen nicht widerspricht, sie aber vertieft oder den Nebel um sie vertreibt.

Verhaftung. Verhör. Verbannung. Tod. Offenbar lässt sich aus dieser Tragödie nichts anderes herausdestillieren, es sei denn, man stellt das Telefonat überhaupt in Frage. Dagegen spricht jedoch die Berichterstattung der zeitgenössischen Presse recht eindeutig. Außerdem ist komplett unwahrscheinlich, dass einer der Gesprächspartner oder sogar alle beide die Unterhaltung einfach erfunden haben. Das wäre unlogisch und gefährlich gewesen. Unlogisch, soweit es Pasternak betraf, denn weshalb sollte er etwas erfinden, das ihm alles andere als Ehre machte. Gefährlich, soweit es Stalin betraf, weil er ein Täuschungsmanöver zugelassen hätte, das ihm leicht auf die eigenen Füße fallen konnte. Allerdings bestätigen diverse Quellen, dass er die Verbreitung der Nachricht keineswegs behinderte, sondern sogar förderte. Von Pasternak selbst stammt die Aussage, Poskrjobyschew habe ihm erklärt, das heikle Gespräch werde selbstverständlich bekannt gemacht. Dass ganz Moskau davon erfuhr, wäre ohne Duldung des Staats nicht möglich gewesen.

Irrtümer oder Unkenntnis lassen sich natürlich nicht ausschließen.

Man bekommt in dieser zweiten Version den Eindruck, die Schuldzuweisung sei deutlicher. Zwar ist auch aus der ersten Version der Vorwurf an Pasternak, er habe seinen Freund im Stich gelassen, recht deutlich herauszulesen, aber jetzt dreht sich alles um diesen Punkt. Stalin benutzt den Vergleich mit seinen hilfsbereiten und ewig treuen bolschewistischen Genossen, um den Dichter zu diskreditieren.

Bei oberflächlicher Betrachtung scheint es sich um eine moralische Frage zu handeln: Wer ist großmütiger, mitfühlender? Der Herrscher hatte gewollt, dass man das Gespräch als Ausdruck der Konsultationsbereitschaft und seines Willens zur Nachsicht wertete. Allerdings erwartete er vom Dichter den Anstoß dazu, doch dieser enttäuschte ihn leider.

Ehe man auf diese »Enttäuschung« eingeht, muss man aber die Frage stellen: War Stalin wirklich auf einen Vorstoß Pasternaks angewiesen, um Mandelstams Strafe zu reduzieren?

Und vor dieser Frage noch eine andere: Ärgerte sich Stalin tatsächlich so sehr über Pasternaks ausweichende Antwort, wie er vorgab?

Um es noch einmal zu sagen: Wahrscheinlich freute er sich eher, als dass er sich ärgerte.

Trotzdem, Stalin war entschlossen, in diesem Fall seinen Ruf der Gnadenlosigkeit mindestens nicht zu untermauern. Aus dem Gesprächsverlauf wird deutlich, wie sehr er sich bemühte, einen gegenteiligen Eindruck zu erwecken, Milde zu demonstrieren. Aber keiner half ihm dabei. Sie wollten ihn nun einmal brutal und grausam, damit sie sich über ihn beklagen konnten …

Der arme Genosse Stalin. Das Stalinchen. Als ihr Sohn sie zum letzten Mal in dem Dörfchen besuchte, das sie nie hatte verlassen wollen, war seine kaukasische Mutter natürlich beeindruckt von den Respektsbekundungen, mit denen er überhäuft wurde, konnte sich aber trotzdem nicht die Bemerkung verkneifen: Du wärst doch besser Priester geworden!

Der Dichter und der Fürst. Die Parallelität oder besser Rivalität zwischen beiden, die so alt war wie die Welt, hatte unter der kommunistischen Ordnung qualvolle Formen angenommen. Zwar war das Wort »Fürst« durch »Führer« oder »Vorsitzender« ersetzt worden, doch an der Musterhaftigkeit hatte sich dadurch nichts geändert. Man wusste, dass Lenin bestrebt gewesen war, das Attribut »groß« für Dichter auszumerzen, damit es den Häuptern der Politik beziehungsweise den Klassikern des Marxismus vorbehalten bleibe.

Der Gebrauch des kümmerlichen Begriffs *swerchpisatel* (Überschriftsteller) in der gruseligen Parole »Nieder mit den Überschriftstellern!« war ein deutlicher Beleg für den kalten Hass auf bedeutende Schriftsteller. Lenin zog es jedoch vor, mit dieser Abneigung hinter dem Berg zu halten, was vielleicht auch erklärt, weshalb Stalins Einstellung ihnen gegenüber immer schwankend war.

Seine Gefolgsleute wussten so wenig wie er selbst, wie man die Überschriftsteller zu behandeln hatte. Sollte man sie lieber bauchpinseln oder knebeln?

Der Zwiespalt war tief und nicht aufzulösen, weil die daraus entspringende Furcht urplötzlich die Richtung wechseln und direkt auf einen selbst zukommen konnte. Er war entschlossen, sich von ihnen nicht einschüchtern zu lassen, aber die Angst wurde immer hartnäckiger, je mehr Zeit verging.

Letztlich wurde ein Ratespiel daraus: Waren die Überschriftsteller nun eine Bedrohung oder nicht? Dumm war nur, dass niemand die Antwort kannte oder auch nur glauben durfte, sie zu kennen.

Wenn die Diskussion in seiner Anwesenheit auf ähnliche Themen kam, war er hinter seiner verächtlichen Miene ganz Ohr. Nehmen wir als Beispiel Richard III. von England, einen König wie alle anderen, den der Überschriftsteller Shakespeare aus einer Laune heraus in ein Monster verwandelt hatte.

Nun war Richard weit weg in England, aber mindestens genauso undurchsichtig war das, was sich als »Gorki-Geheimnis« in Stalins Kopf eingenistet hatte.

Lenins Kotau vor Maxim Gorki hatte er nie verstanden. Der Mann, der keine Gnade kannte, wenn es um den Bolschewismus ging, war im Umgang mit dem Schriftsteller nicht wiederzuerkennen. Seine Anweisungen waren kategorisch: Gorki hatte man alle Ausrutscher und Launen zu verzeihen, seinen bourgeoisen Lebensstil auf Capri in Italien, die Kränkung, die er Sowjetrussland antat, indem er die Rückkehr verweigerte. Und, was am wundersamsten war, diese Nachsicht wurde noch nicht einmal begründet. Jedes Mal, wenn das Thema zur Sprache kam, erstarrte Lenins Blick.

Als Lenins Sonderlichkeiten in den letzten Lebenswochen die Konturen des Wahnsinns annahmen, versuchte Stalin noch dringender, das Rätsel aufzuklären. Der Blick des Kranken war eisig wie je, seinem Gestammel jedoch ließ sich fast nichts entnehmen. Etwas Schwerwiegendes … es durfte auf keinen Fall bekannt werden … Keiner durfte es wissen, auch Krupskaja nicht. Noch nicht einmal Stalin …

Aber Gorki musste deshalb unangetastet bleiben … Unbedingt! Kein Versuch, ihn mit den bekannten Methoden zum Schweigen zu bringen! So schlimm war die Sache, dass jeder Versuch, daran zu rühren, sie noch gefährlicher machte …

3. VERSION

»Wissen Sie, dass Borja Pasternak sich einmal geweigert hat, Mandelstam zu unterstützen? Wissen Sie es oder nicht?«
»Ich habe die Geschichte zweimal gehört. Es würde mich interessieren, woher Sie es wissen.«
»Das ist ganz einfach. Borja hat es mir selbst erzählt.«
Stalin habe ihn angerufen und gefragt:
»›Was halten Sie von Mandelstam?‹«
Und Borja bekam kalte Füße und begann zu erklären, dass er ihn nicht gut kenne usw., obwohl er wusste, dass Mandelstam verhaftet worden war.
Stalin wurde furchtbar wütend: ›So verteidigen wir unsere Genossen nicht‹, und legte den Hörer auf.« (…)
»Und denken Sie, wenn er ihn verteidigt hätte …«
»Schauen Sie, in dieser Situation … Es war schon sehr riskant. Aber was hat er schon riskiert?« (…)
»Sagen Sie mir, was Sie mir über Pasternak erzählt haben, wissen Sie das von ihm selbst oder von Schklowski?«
»Er selbst hat es Maria Pawlowna erzählt. (…)
Er hat kalte Füße bekommen. Er hat sich in die Hose gepisst. Er konnte einfach nicht. Stalin war so ein Mensch … Unglaublich grausam, aber trotzdem …«

(Aus der Tonbandaufzeichnung eines Gesprächs zwischen den bekannten russischen Literaten S. P. Bobrow und W. D. Duwakin, das in dem 2002 in Moskau erschienen Band *Ossip und Nadeshda Mandelstam in den Erzählungen ihrer Zeitgenossen* enthalten ist.)

Abgesehen von einer erhöhten Dosis an Feindseligkeit Pasternak gegenüber beschert uns diese Version nichts Neues. S. P. Bobrows Abneigung gegen Pasternak war bekannt. Von einem gewissen Interesse könnte sein, ob sie schon immer bestanden oder sich erst mit der Zeit entwickelt hatte, bedingt durch Pasternaks problematischem Ruf vor allem nach der »Nobeliade«.

Eine etwas gründlichere Beschäftigung dürfte die Frage verdienen, ob die Missgunst gegenüber dem ehemaligen Freund eine gewisse Sympathie für den Tyrannen erst hatte wachsen lassen, oder ob diese schon immer vorhanden gewesen war.

So grausam Stalin war … Aber trotzdem …

Dieses verwünschte »trotzdem« kam immer dann zum Einsatz, wenn der Parteiführer unauffällig in ein günstiges Licht gerückt und sein Gegenpart, der Dichter, arglistig diffamiert werden sollte.

Ohnehin war die Aureole von Schriftstellern und Künstlern seit jeher eine komplizierte Angelegenheit, denn Ruhm und Neid gehen im öffentlichen Leben immer Hand in Hand. Der Ruf, ob gut oder schlecht, ist schon immer untrennbarer Bestandteil eines Kräftespiels, in dem auf der einen Seite, ob sie es wollen oder nicht, die Künstler stehen und auf der anderen Seite, ebenfalls ungefragt, die politischen Führer, Patriarchen, Fürsten, nationalen Idole. Überraschenderweise wirkt sich der (gute oder schlechte) Leumund auf jede der beiden Seiten anders aus: Die negative Seite der Berühmtheit, das schlechte Renommee, ist für politische Idole vernichtend, für Künstler aber ohne Auswirkungen. Und nicht nur, dass es ihnen nichts anhaben kann, es macht sie für die Öffentlichkeit oft sogar attraktiver.

Er kämpft gegen Windmühlen, ist hinter Weiberröcken her, führt ein liederliches Leben, hängt an der Flasche?

Egal, das ist seine Sache. Er schreibt gut? Darauf kommt es an!

Dieses Paradox, mit dem alle Jahrhunderte und Ordnungen auf unterschiedliche Weise zu kämpfen hatten, war für den Kommunismus besonders heikel.

In den frühen Jahren Sowjetrusslands glaubte man, das finstere Heiligtum der Schriftsteller und Künstler werde ganz von selbst in Trümmer zerfallen. Wenn man die muffigen Mysterien ans Tageslicht zerrte, würde der grelle Glanz des Kults um Lenin und Marx sie zum Verblassen bringen.

Doch das Warten darauf wollte kein Ende nehmen, und als sich dann Sigmund Freud zu Dostojewskij äußerte, muss die Enttäuschung gewaltig gewesen sein. Seine spektakuläre Einführung in die 1928 in Paris erschienene französische Ausgabe der *Brüder Karamasow* bewirkte nicht, was sich Stalin so sehr gewünscht hatte, dass nämlich zusammen mit dem Großschriftsteller, der in Verdacht geriet, ein potenzieller Vatermörder zu sein, gleich die ganze russische Dekadenz erledigt wurde. Im Gegenteil.

Es gibt keinen Hinweis darauf, dass Freuds Studie, und sei es auf Umwegen, zu einer überraschenden Neubestimmung des Nimbus des Künstlers geführt hätte, dergestalt, dass seine negative Seite dazu benutzt werden müsste, »das Schlechte« vollenden zu lassen, was »das Gute« nicht geschafft hat.

Das heißt, man darf erst einmal nicht davon ausgehen, dass das Ansehen eines Schriftstellers Schaden nimmt, wenn man ihn als schwierigen, zynischen, düsteren, schwarzseherischen Typ darstellt. Ganz im Gegenteil, es kann passieren, dass er alles einbüßt, wenn er frohgemut, vertrauensselig, reinen Gemüts und volksverbunden daherkommt.

Dieses »Knie an Knie mit dem Volk«, wie der diesbezügliche kommunistische Slogan in Albanien lautete, war immer besonders geeignet, Absonderlichkeiten zu generieren. Eines der vorzüglichsten Talente der Zeit, Michail Scholochow, geriet unschuldig in diese Falle. Sein Roman *Der stille Don* wurde zum Klassiker der Literatur des sozialistischen Realismus erklärt, obwohl die Hauptfigur keineswegs dem positiven Bild entsprach, das die Doktrin verlangte, sondern jemand war, der schwankte und im Herzen sogar eher der Konterrevolution als der Revolution zuneigte.

Der Autor selber fand sich gezwungenermaßen mit der amtlichen, semipopulistischen Deutung seines Werks als Zeitgemälde ab, doch diese hätte sich ohne die geeignete Imagepflege nicht durchsetzen können. Man fing an, Scholochow als Musterbeispiel des »Sowjetschriftstellers« zu präsentieren, ohne Rücksicht darauf, was für ein Typ er wirklich war und was für ein Leben er führte. So entstand das Bild eines verdächtigen Verwicklungen, einzelgängerischen Neigungen, dem Alkohol und Frauengeschichten abholden, immer freundlichen Mannes, der sich strahlend inmitten seiner Dörfler vom Don fotografieren ließ, oft im Hemd eines Kolchosbauern.

In allen Ländern, die nach dem II. Weltkrieg dem sozialistischen Lager einverleibt wurden, verlief die Überführung prominenter Schriftsteller aus der bürgerlichen in die kommunistische Epoche sehr schmerzlich. Terror und Gefängnis stellten den nach außen hin sichtbaren Teil des Tableaus dar. Weit weniger greifbar waren die inneren Dramen, die Brüche und faulen Kompromisse, die bis heute noch nicht aufgearbeitet sind.

Die Kommunisten fürchteten die Kunst. Die Weisungen ihrer obersten Anführer, Marx und Lenin eingeschlossen, waren oberflächlich und nichtssagend. Tausende von Kulturarbeitern zermarterten sich Tag und Nacht den Kopf, um herauszufinden, was Lenin in dem Aufsatz »Parteiorganisation und Parteiliteratur« eigentlich hatte sagen wollen, seiner einzigen Schrift über die Literatur.

Selbstredend getraute sich niemand, offen auszusprechen, dass der Autor dieses ordinären und verdrießlichen Traktats wahrscheinlich selbst nicht wusste, von was er redete: von den Kampfschriften und Flugblättern seiner Partei oder dem, was wir Dichtung nennen. Wer Karl Marx liest, bemerkt schnell, dass es im umfänglichen Werk dieses Mannes, der sein ganzes Leben dem gewaltsamen Sturz der Weltordnung gewidmet hat, keinen Platz für Mitgefühl oder Reue angesichts von Strömen vergossenen Bluts gibt.

Wir wollen hier nicht Homer und Dante ins Spiel bringen, aber es ist schon erbärmlich, dass Karl Marx der Menschheit ein gewaltiges Blutbad in Aussicht stellte, ohne einen Gedanken an die elementarste menschliche Regung zu verschwenden: das schlechte Gewissen.

Doch das ist nur das halbe Übel. Noch makabrer ist der andere Teil, die Anweisung: Hüte dich vor dem schlechten Gewissen! In Tausenden von Abhandlungen, Reden und Parolen wurde das Mitgefühl, das man in »Abschwächung des Klassenkampfes« umbenannt hatte, dem Weltproletariat als unheilvollster aller Fehler präsentiert. Alle Länder des Lagers, vom hyperstalinistischen kleinen Albanien bis zum unermesslich großen China, tobten sich nach dieser entsetzlichen Vorgabe auf ihre jeweils eigene Art aus. Von den Schriftstellern, die in Albanien ohne schwere Sanktionen davonkamen, sind die Beziehungen der beiden bedeutendsten, Fan Noli und Lasgush Poradeci, zum kommunistischen Regime bis heute nicht völlig aufgeklärt. Beide waren bereits im Königreich berühmt und überlebten es, wenn auch auf unterschiedliche Weise. Der eine, Fan Noli, Poet und Shakespearekenner, Ex-Verschwörer und Ex-Ministerpräsident Albaniens, wurde schließlich das religiöse Oberhaupt seines Heimatlandes, aber mit Sitz in den Vereinigten Staaten von Amerika. Er war der einzige europäische Dichter, dem es gelang, seinen König (er hieß Zogu) zu stürzen und in Abwesenheit zum Tode zu verurteilen, jedoch nur, um später seinerseits von diesem gestürzt und in Abwesenheit zum Tode verurteilt zu werden.

Nach dem Abklingen ihres albanisch-balkanesischen Ehrgeizes, einander zu Boden zu zwingen, versöhnten sie sich 1960, als sie beide Albanien bereits verloren hatten.

Beim zweiten Dichter, Lasgush Poradeci, war alles anders, einschließlich seiner Aura, die man als himmlisch-erotisch bezeichnen konnte. Liebe, Frauen, und alle gehörten zu einer Welt, die eher Schein war als real.

Sogar der Ehrentitel, den er sich selbst verlieh, war ausgefallen: »Himmelsvogel«. Böse Zungen wollten wissen, dass er damit König Zogu, dessen Name Vogel bedeutet, den Fehdehandschuh hingeworfen hatte: Du bist der Vogel auf Erden, ich bin der Vogel im Himmel!

Allerdings empfand der albanische König, was selten genug vorkommt, offenbar keinen Neid auf die Dichter. Vielleicht war er auch traumatisiert durch das, was ihm Fan Noli, der andere Poet, angetan hatte, jedenfalls hielt er sich aus dichterischen Angelegenheiten heraus. Beide Seiten taten so, als nähmen sie einander nicht wahr.

Und so fand sich Lasgush Poradeci nach den Wirren des Kriegs plötzlich in der Epoche des Kommunismus wieder, umgeben von Triumphgeschrei und dem krachenden Gewehrfeuer der Erschießungspelotons. Ungeeignet für alles, die Pelotons eingeschlossen, war er so aus der Zeit gefallen, dass bei ihm keine Strafe überzeugend gewirkt hätte. Aber weil man ihn nicht einfach außen vor lassen konnte, wurde immer, wenn ernste Maßnahmen bevorstanden, das Gerücht ausgestreut, er sei nun mal ein Spinner, wenn nicht gar komplett übergeschnappt.

Der neue kommunistische Herrscher, Enver Hoxha, schien den Exkönig um seinen Mangel an Eifersucht zu beneiden, jedenfalls imitierte er seine Haltung gegenüber den beiden Großkünstlern: Bei Noli setzte er halbwegs auf Versöhnung und bei Poradeci auf Nichtbeachtung.

Das beruhte im zweiten Fall auf Gegenseitigkeit, was praktisch für den Poeten war, wenn auch nicht ganz ungefährlich.

Was Lasgush Poradeci wirklich schützte, war die Hamletrolle, die er für sich ausgesucht hatte. Inzwischen hat man angefangen, die Geheimdienstarchive zu öffnen, aber in ihnen findet sich kein Hinweis darauf, man hätte den Verdacht gehabt, er habe den geistig Verwirrten bloß gespielt. Offenbar war man eher vom Gegenteil überzeugt.

Seine Art, sich auszudrücken, passte nicht in die Welt um ihn herum. Am erstaunlichsten war, dass dies den gleichen Effekt bei seinen Gesprächspartnern auslöste. So ließ er sich nicht von der längst abgeschafften Anrede »Herr« abbringen. Dies war womöglich die Quelle des unbestimmten Eindrucks, er sei gar nicht mehr am Leben, der sich in Windeseile ausbreitete. Wenn die Rede auf ihn kam, fand sich immer jemand, der fragte, ob es ihn denn überhaupt noch gebe, und einen anderen, der darauf antwortete, man wisse es nicht so genau. Schließlich konnte niemand mehr sagen, ob der Dichter bereits unter den Toten weilte oder noch unter den Lebenden.

Auf die komplizierte Frage, ob Dichter mehr durch ihre Nichtpräsenz als durch ihre Präsenz auffielen, wurde in der Presse niemals eingegangen. Genauso wenig wurde die Unzufriedenheit der Leser aller Länder, von Ungarn und den baltischen Staaten bis hin zur Inneren Mongolei, mit ihren Schriftstellern reflektiert. Wenn sie schon keine lesenswerten Bücher zustande brachten, sei es aus beruflichem Unvermögen oder weil der sozialistische Realismus es nicht zuließ, so hätten sie doch wenigstens ein paar Skandale veranstalten können, so wie früher. Es musste ja nicht gleich ein Mord sein, eine spektakuläre Ehescheidung hätte auch schon gereicht.

Was war nur los? Womit hatte es angefangen? Wie würde es enden? War überhaupt mit einem Ende zu rechnen?

Alle merkten, dass die Literatur in einer Katastrophe versank. Die erfolglose Suche nach den Ursachen dauert an, auch jetzt noch, da diese Zeilen geschrieben und die geheimen Archive endlich geöffnet werden.

Joseph Brodsky hat darauf hingewiesen, dass es beim Angriff auf die Literatur neben der Abrissbirne auch noch den perfiden Umweg über die Zerstörung des Baumaterials gibt, in diesem Fall der Schriftsteller, was das Gebäude schließlich ebenfalls zum Einsturz bringt.

Andere Schäden und Deformationen entstanden im Verhältnis zwischen den Lebenswelten, den sie bevölkernden Personen und den Sprachen, derer sie sich bedienten. Jedes Volk in der großen kommunistischen Familie brachte seine eigenen Erfahrungen mit. Die Dezimierung von Milieus, die man der alten Ordnung als typisch zuordnete, Casinos, Nachtbars, Freudenhäuser und so weiter, war begleitet von der Abnahme der Zahl der Randständigen, Einfaltspinsel, Narren, Spintisierer usw. Auch die Sprache blieb nicht verschont, die geschriebene, besonders aber die gesprochene.

Bestimmte Wörter aus dem unübersichtlichen Universum der Sprache, etwa »Herr«, »Dame« oder »Fräulein«, um nur drei zu nennen, waren so heikel, dass sie gewaltige Unannehmlichkeiten verursachten.

Zu Recht maß man diesen drei Wörtern in der Übergangsphase eine besondere Bedeutung zu. Alle kommunistischen Länder machten ihre eigenen, manchmal skurrilen Erfahrungen damit, so auch Albanien. Dieses sonst für schlechte Gewohnheiten und Rückständigkeit bekannte kleine Land befleißigte sich in diesem Fall einer eigenwilligen Herangehensweise. Während das Wort »Herr« bereits in der ersten Phase des Sozialismus aus dem Sprachgebrauch verschwand, erwiesen sich das Wort »Dame« und die Anrede »Frau« als einigermaßen resistent, etwa in der Sowjetunion. In Albanien stellte das Wort »Fräulein« einen dauerhaft positiven Ausnahmefall dar. So nannten nämlich Zehntausende von kleinen Kindern in den Grundschulen ihre Lehrerinnen, und alle Vorstöße, das Wort aus dem Schulalltag zu verbannen, gingen ins Leere, weil die Schüler partout nicht von ihrer lieb gewordenen Angewohnheit ablassen wollten. Dieser Armee von Knirpsen ist es also zu verdanken, dass ein bezauberndes Wort in der albanischen Sprache überlebt hat. Leider scheint der albanischen Sprach- und Literaturwissenschaft dieser berührende und für die Zukunft wichtige Sachverhalt bisher nicht aufgefallen zu sein.

Das menschliche Leben drohte im weitesten Sinn zu verkümmern. Nicht nur das Nachtleben erlag, wie bereits erwähnt, einem schleichenden Tod, auch die schrulligen Zeitgenossen, die letzte Hoffnung jeder bedrohten Literatur, starben aus, genau wie die Verführerinnen, mit deren Abgang das ganze Genre der Liebesgeschichten peu à peu verkümmerte. In den trostlosen Räumen des Schriftstellerverbands suchte man vergeblich nach eindrucksvollen Schriftstellerpersönlichkeiten. Eindrucksvolle Schicksale gab es noch weniger.

An der Seite zufällig vom Gefängnis verschont Gebliebener lauschten aus der Arbeiterklasse aufgestiegene oder als Waisenkinder in Parteitreue unterwiesene Schreiberlinge schläfrig den Erfahrungsberichten von einzelnen Kollegen, die anlässlich einer Feierlichkeit in die Sowjetunion eingeladen worden waren.

Wenn schon Lasgush Poradeci im kleinen, vom Stalinismus verwüsteten Albanien den luxuriösen Zustand eines lebenden Toten erreichen konnte, hätte man von den Poeten Budapests oder Moskaus doch einiges erwarten können. Doch das edle Damwild der Kunst war zerstreut und wurde erbarmungslos bejagt, deshalb fand es nicht leicht zueinander.

Aber auch inmitten der allgemeinen Stumpfheit verbreiteten sich gelegentlich interessante Neuigkeiten. Prominente tauchten plötzlich in Moskau auf. Man erfuhr von Bahnhöfen, Barackenlagern und Verbannungsorten mit unerhörten Namen wie *wtoraya reka* (Zweiter Fluss). Dann gab es all die Geheimdienstmitarbeiter und Staatsanwälte, die nicht nur einzeln oder zu zweit, sondern in ganzen Gruppen auftraten. Und schließlich war da noch etwas, das besonders Angst macht, weil man es nicht zu sehen, sondern nur zu hören bekam wie im Fall Mandelstam. Elf Personen hatten das Entsetzliche gehört, das Gedicht, und der verhaftete Mandelstam sollte nun die Namen preisgeben.

Sinnverwirrende Texte in einem oft mehr als merkwürdigen Russisch gingen herum. Etwa die berühmten Verse von Fjodor Sologub: *W pole ne widno ni zgi. Kto-to sowet: »Pomogi!«* (Auf dem Feld ist nichts zu sehen. Jemand ruft: »Hilfe!«) Eine weitere Verszeile, diesmal von Mandelstam: *No ljublju moju kurwu-Moskwu.* (Aber ich liebe meine Schlampe Moskau.) Und schließlich der Vers eines Namenlosen: Das Leben ist vorbei, vom Tod weiß ich nichts.

Als das Gerücht von einem dreiminütigen Telefongespräch zwischen Stalin und Pasternak aufkam, wird kaum jemand vermutet haben, dass ein solcher Vers, ein solches Gedicht der Grund dafür gewesen sein könnte. Eher dürfte vermutet worden sein, jemand habe bei einer Abendgesellschaft wieder einmal Dampf abgelassen. Und selbst als klar war, dass es um die Wendung vom »Bergmenschen im Kreml« ging, dachte man wohl eher an den Kreml oder Georgien als an ein Gedicht.

Egal, ob Bergmenschen im Kreml oder Bergmenschen in Georgien, Stalin hatte gewiss schlaflose Nächte, denn in beiden Fällen ging es im Kern um etwas, das nicht bekannt werden durfte. Es war wie beim Gorki-Geheimnis, wo man es nicht nur für unabdingbar gehalten hatte, Jahre zuvor von dem berühmten Schriftsteller ausgesprochene oder niedergeschriebene Sätze auszutilgen, sondern gleichzeitig auch den Vorgang der Tilgung dem Vergessen anheimzugeben.

Das anstößige Ereignis hatte zu Beginn des Jahrhunderts stattgefunden. Der bereits berühmte Maxim Gorki hatte während einer Reise nach London eher zufällig an einer Versammlung teilgenommen, auf der »ein gewisser Uljanow, aufgeblasen wie ein Hahn und mit krächzender Stimme«, so Gorkis Worte, über die Revolution redete. Gemeint war der künftige Führer der russischen Bolschewisten, Wladimir Iljitsch Lenin.

Aller Wahrscheinlichkeit nach kannte Stalin zu Lenins Lebzeiten Gorkis giftigen Spruch gar nicht. Nach dem Tod seines Vorgängers im Jahr 1924 hat er aber mit Gewissheit nicht nur davon erfahren, sondern wurde auch über die Methode informiert, mit der man den Satz in die Vergessenheit befördert hatte.

Diese Vorgehensweise war in den entsprechenden Kreisen bis dahin ungewohnt oder unbekannt, jedenfalls ganz unähnlich dem üblichen, von der Kugel auferlegten Schweigen.

Nun jedoch überschüttete man den berühmten Schriftsteller mit Aufmerksamkeiten, Schmeicheleien und rührenden Freundschaftsbezeugungen, um damit seine Gunst zu erkaufen.

Stalin begriff lange nicht, wozu die Samthandschuhe gut waren. Doch immerhin schaffte es der sonst so rüde Lenin mit seiner Nachsicht, sich den Schriftsteller gewogen zu machen. Mit jedem Jahr, das verging, mochte man weniger glauben, dass ihm je eine solch boshafte Bemerkung über die Lippen gekommen war.

Zehn Jahre später, im Jahr 1934, befand sich Stalin in einer ähnlich zwiespältigen Situation. Sein Anruf bei Pasternak hatte etwas von einer Panikreaktion, er war letztlich darauf angelegt, eine Menge Geheimnisse unter dem Deckel zu halten.

So ist es nicht verwunderlich, dass auch nach mehr als einem Dreivierteljahrhundert Fragen offen sind. Wie war es genau mit den Verhaftungen, den Verhören, wie viele Spitzel und Staatsanwälte waren aktiv?

Manchmal möchte man es sich einfach machen. Was für eine Rolle soll es schon spielen, wie viele Staatsanwälte tätig waren? Aber trotzdem …

Eigentümlicherweise waren wirklich zwei Staatsanwälte in die Sache Mandelstam involviert, wobei der eine, er hieß Arkadi Furmanow, eine völlig andere Rolle spielte als der zweite, Nikolaj Schiwanow. Ein falscher Staatsanwalt? Eine andere Zeitebene? Das als Staatsanwalt verkleidete Unterbewusstsein?

Es war mehr. Arkadi Furmanow gehörte zu den engen Freunden des Poeten, und Mandelstam, der seine Verhaftung vorausahnte, übte mit ihm Verhöre ein, um im Ernstfall nicht auf irgendwelche Winkelzüge hereinzufallen. Das hatte es in Russland wahrscheinlich nie zuvor gegeben.

Vieles geschah damals zum ersten Mal, und vieles zum letzten Mal. Besonders dramatisch fühlten sich manchmal Dinge an, die gar nicht zustande kamen, so wie das zweite Telefongespräch, nachdem Stalin das erste abgebrochen hatte. In der Absicht, sein Verhalten zu erklären, wählte Pasternak eilig die Nummer, die man ihm gegeben hatte, aber es nahm niemand ab. Schließlich rief Poskrjobyschew an und teilte in schroffem Ton mit, dass man diese Telefonnummer nicht mehr anzurufen brauche, da sie gar nicht mehr existiere. »Verstehst du?«, sagte der Sekretär. Die Nummer wurde nur für dieses eine einzige Gespräch geschaltet.

4. VERSION

Dieselben Ansichten wie S. P. Bobrow äußerte dem nämlichen B. Duwakin gegenüber ein anderer bedeutender Literat, Boris Schklowski, allerdings in sachlicherem Ton und ohne Beleidigungen.

»Er (Pasternak) korrespondierte mit Stalin, er telefonierte mit Stalin, und er verteidigte Mandelstam nicht. Kennen Sie diese Geschichte?«

»Er hat Mandelstam nicht verteidigt?«

»Ja. Stalin rief Pasternak an und fragte ihn: ›Was sagen Sie zur Verhaftung Mandelstams?‹ Pasternak hat es mir selbst erzählt. Es war ihm peinlich und er sagte:

›Josef Wissarionowitsch, da Sie mich schon angerufen haben, lassen Sie uns über Geschichte sprechen, über Poesie.‹

›Ich frage Sie, was Sie von Mandelstams Verhaftung halten.‹

Er sagte noch etwas anderes. Dann erklärte Stalin:

*›Wenn ein Genosse von mir verhaftet werden würde, dann würde ich alle Hebel in Bewegung setzen.‹ (*Ja by lez na stenku, *wörtlich:* die Wand hochklettern.*)*

Pasternak antwortete:

*›Josef Wissarionowitsch, wenn Sie mich deswegen anrufen, habe ich die Hebel offenbar schon in Bewegung gesetzt.‹ (*Ya uzhe lazil na stenku, *wörtlich:* Bin ich bereits die Wand hochgeklettert.*)*

Darauf antwortete Stalin:

›Ich hielt Sie für einen großen Dichter, aber Sie sind ein

großer Betrüger.‹ Und er legte auf … Pasternak erzählte es mir selbst, weinend.«

»Also war er einfach verwirrt?«

»Verwirrt, natürlich war er das. Er hätte aber sagen können: Überlassen Sie mir diesen Mann. Wenn er gewollt hätte. Und er hätte ihn bekommen … Aber er war verwirrt. So war die Geschichte, verstehen Sie …«

(B. Sarnow äußert sich nicht zu der interessanten neuen Tatsache, dass Pasternak offenbar schon vorher mit Stalin korrespondierte und telefonierte.)

Die Bemerkung am Ende stammt von Izzy Vishnevetsky. Sie ist angebracht, doch auch er selbst erklärt nicht, was am Briefwechsel und den Telefonaten zwischen Stalin und Pasternak so interessant und neu ist.

In der vierten Version fällt weiterhin auf, dass manches nicht eindeutig ist. Bei dem Satz »Er sagte noch etwas anderes« bleibt unklar, wer von beiden, Pasternak oder Stalin, »noch etwas anderes« sagte.

Pasternak erscheint auch hier als Verursacher des ganzen Durcheinanders.

Das Gorki-Geheimnis ist mittlerweile aufgeklärt, ebenso das Rätsel der beiden Ermittler. Doch beides kommt dem Dichter nicht zugute. Pasternak erscheint als der Verlierer. Das Telefongespräch spricht immer noch eher gegen ihn.

Eine Zeitlang konnte man auf die Entlarvung des Denunzianten hoffen. Durch einen Denunzianten wird das Opfer aufgewertet und das Ereignis mit Dramatik angereichert. Robert Littell präsentiert uns in seinem Roman *Das Stalin-Epigramm* eine Verräterin, eine vermeintliche Gespielin des Poeten, die historisch nicht verbürgte Theaterschauspielerin Sinaida Saitsewa-Antonowa.

Sie wird als unbedarft genug beschrieben, um gar nicht wirklich einzusehen, was sie da angerichtet hat. Im 10. Kapitel von Littells Romans erzählt sie einem Kollegen von einem Vorfall, der am 20. Mai 1934 geschehen sein soll:

Am Abend nach den Proben kommt ein Tschekist in die Theatergarderobe, um sich für ihre Treue zu Stalin und zur Revolution zu bedanken. Er bietet ihr eine Belohnung an und macht Vorschläge: Einen Reisepass und die Erlaubnis, nach Paris und Rom zu fahren. Bessere Rollen auf größeren Bühnen. Sie habe doch nur ihre Pflicht als Sowjetbürgerin getan, wendet sie mit gespielter Bescheidenheit ein, deshalb bitte sie um nichts. Der Tschekist lässt durchblicken, dass ihre Zurückhaltung missdeutet werden könne, so dass sie schließlich verschämt um Unterstützung in einer heiklen Sache bittet: Sie will sich von ihrem Mann scheiden lassen, ohne ihre kleine Gemeindewohnung und die Aufenthaltserlaubnis für Moskau zu verlieren. Als er betont, die Organe seien stolz darauf, sich um Menschen zu kümmern, die »für uns arbeiten«, gibt sie sich überrascht: »Ich war mir gar nicht bewusst, dass ich für Sie arbeite.«

Eine wie auch immer geartete Entdramatisierung der Denunziation schadet Pasternak direkt oder indirekt.

Die Zweifel an der ganzen Geschichte sind ständig gewachsen. Den Anruf selber hat nie jemand in Frage gestellt, die Auswirkungen aber schon, im positiven wie im negativen Sinn. Letztlich geht es darum, wie der Dichter vor dem kommunistischen Fürsten, der Geschichte und dem eigenen Gewissen dasteht.

Etwas Unausgegorenes, Unstimmiges zieht sich durch die Erzählung.

Von den beiden Staatsanwälten war bereits die Rede. Vor allem aber gab es nicht nur eine Verhaftung Mandelstams, wie man annehmen könnte, sondern mehrere, drei oder vier insgesamt. Schon während des Bürgerkriegs war Mandelstam einmal von Wrangels weißen Offizieren als Bolschewik verdächtigt und festgenommen worden. Dann noch ein zweites Mal von georgischen Menschewiken unter dem gleichen Vorwurf.

Auch in die Verbannung wurde er nicht nur einmal geschickt. Nur sein Tod fand nur einmal statt.

In einem Land wie Sowjetrussland wäre es geradezu erstaunlich gewesen, hätte es sich bei der Verhaftung von 1934 um die erste gehandelt. Auch dass es die letzte sein würde, durfte man nicht für wahrscheinlich halten.

Letztmals wurde Mandelstam 1938 verhaftet. Diesmal wartete Meister Tod.

Seit dem Juni 1934 war da schon einiges an Zeit verstrichen. Was spielte sich in der Zwischenzeit ab? Was hatten die ganzen Leute in diesen vier Jahren getan? Und was Mandelstam selbst?

Dass es in der Erzählung ein Problem mit dem Kalender gibt, ist augenscheinlich. Der menschliche Verstand, der dazu neigt, zeitliche Abläufe zu verkürzen, fasste die Jahre 1934 und 1938 zu einem einzigen zusammen. Will man näher zur Wahrheit vorstoßen, muss man an den Anfang zurückkehren, an den Zeitpunkt und Ort des Geschehens. Mandelstam wurde im Mai 1934 verhaftet. Im Juni telefonierte Stalin mit Pasternak. In der Öffentlichkeit entstand aus irgendeinem Grund der Eindruck, Mandelstam sei bald nach dieser Verhaftung gestorben. Andererseits wird 1938 als Todesjahr angegeben, wobei stets eine Verhaftung miterwähnt wird, was bedeutet, dass es auf jeden Fall zwei gab, nicht nur eine einzige. Man muss beim Sprachgebrauch anfangen, wenn man Klarheit schaffen will. Statt von »Mandelstams Verhaftung« müsste man von »Mandelstams Verhaftung im Jahr 1934« und »Mandelstams neuerlicher Verhaftung im Jahr

1938« sprechen. Denn so viele Überraschungen es auf der Welt auch geben mag, allenfalls viele Jahre später, während der chinesischen Kulturrevolution, konnte es vorkommen, dass ein bereits Verhafteter in der Haft aus dem nämlichen Grund noch einmal verhaftet wurde. Schließlich kann man schlecht noch einmal sterben, wenn man schon tot ist.

So musste die Zeit recycelt werden, um den Menschen in Erinnerung zu rufen, dass Mandelstam nach dem Telefongespräch 1934 immer wieder in der Öffentlichkeit aufgetaucht war und sogar einen Besuch in Peredelkino abgestattet hatte. Bei Pasternak, ausgerechnet!

Also war der Dichter Mandelstam, anders als befürchtet, nach Pasternaks denkwürdigem Gespräch mit Stalin wieder freigelassen worden. Damit büßte das spektakuläre Telefonat deutlich an Dramatik ein.

Wie die Überprüfung der Tatzeit lässt auch eine virtuelle Begehung der Tatorte das Ereignis in einem etwas anderen Licht erscheinen. Logischerweise war die Zeit für beide Gesprächspartner die gleiche, die Orte, an denen sie sich befanden, hingegen nicht. Stalin, das wusste man, rief im Juni 1934 aus dem Kreml beziehungsweise der als »Kreml« bezeichneten Institution an. Der Dichter nahm den Anruf in seiner Wohnung entgegen.

Der Kreml blieb, was er war: Gebäudekomplex, Machtzentrum, Symbol. Die Wohnung des Dichters hätte einem Vergleich damit in keiner Hinsicht standgehalten.

Pasternak wohnte damals in der Wolchonka 14, darüber besteht Übereinstimmung. Bis zum Jahr 1938, als diese Geschichte endete, wechselte er seine Wohnung dreimal.

Wer je in einem sozialistischen Staat gelebt hat, der weiß, dass ein Umzug dort nicht nur die Änderung der Wohnadresse bedeutet, sondern meistens auch ein Hinweis auf positive oder negative Veränderungen in der Biographie ist.

Karrieresprünge oder -abstürze ließen sich an einem der banalsten Vorgänge im Leben eines Menschen ablesen, Umzug genannt.

Die Wohnung von Pasternak in der Wolchonka-Straße entsprach dem untersten Niveau, das für Schriftsteller vorgesehen war: eine Gemeinschaftswohnung (im Alltagsrussisch *Kommunalka* genannt), in der sich zwei oder drei Familien Flur, Küche, Telefon und gelegentlich auch die Toilette teilten.

Nicht allzu lange nach dem berühmten Telefongespräch fand für Pasternak ein Wohnungswechsel statt. Er verschlechterte sich dabei nicht, wie man hätte mutmaßen können, ganz im Gegenteil. Seine neue Unterkunft befand sich in einem großen Wohngebäude in der Lawruschinski-Gasse, in dem viele von Moskaus bekanntesten Schriftstellern lebten. Wie man sich denken kann, waren die Wohnungen dort wesentlich komfortabler. Außerdem hatte man ihm bereits im Jahr zuvor, also 1936, eine Datscha in der berühmten Schriftstellerkolonie Peredelkino zur Verfügung gestellt. Das war ein Privileg, in dessen Genuss nur hochrangige Schriftsteller kamen. Auch wenn man den Vorgang nicht als Bestechungsversuch wertete, war er doch ein sicherer Hinweis darauf, dass dem Dichter das Telefongespräch mit Stalin nicht im Geringsten geschadet hatte.

Die Rätsel nahmen kein Ende. Das Telefongespräch hatte wohl seine Bedeutung gehabt, aber sie war nicht so groß gewesen, wie man vermutete. Womöglich lag ein Missverständnis vor, und der Ausdruck vom »Bergmenschen im Kreml« war gar nicht verächtlich gemeint gewesen, sondern knüpfte an das volkstümliche Bild der Kaukasier vom tollkühnen Kämpfer aus den Bergen an, so dass »Recke im Kreml« eigentlich der richtigere Ausdruck gewesen wäre.

Das war an den Haaren herbeigezogen, setzte sich aber

fest, bis sich dann ein russischer Autor namens Alexander Anaikin nach dem Ende des Kommunismus sogar zu der These verstieg, Stalin sei über Mandelstams Gedicht keineswegs erzürnt gewesen, sondern habe sich sogar geschmeichelt gefühlt.

Anaikin meint, schlechte und komplexbeladene Schüler wie Stalin kompensierten ihre Minderwertigkeitskomplexe damit, dass sie andere drangsalierten. Dieser verklemmte kleine Mann, der es sein ganzes Leben lang den anderen habe zeigen wollen, lese plötzlich ein Gedicht, in dem er allen haushoch überlegen erscheine. So betrachtet, habe sich Josef Stalin von Mandelstams Versen sogar geschmeichelt gefühlt.

Damit ist allerdings nicht die widerspruchsvolle Beziehung zwischen den beiden Dichtern Mandelstam und Pasternak erklärt. Im Zusammenhang mit dem Ereignis, um das es hier geht, verflochten sich ihre Geschicke bis zur wechselseitigen Abhängigkeit. Im Jahr 1938 wendeten sich Mandelstams Geschicke endgültig, auf die Verhaftung folgte der Tod. Pasternak beobachtete die Tragödie seines Doppelgängers schweigend, vielleicht, weil er Folgen für sich selbst fürchtete. Doch außer bösen Vorahnungen war nichts. Oder es passierte etwas, das aber geheim blieb, so dass niemand je davon erfuhr.

Die Zweifel, die in alle Richtungen gehen, werden irgendwann zum Kern der Geschichte zurückkehren: dem Gedicht. Und wenn gar nicht dieses Gedicht alles verursacht hat, den Tod des Dichters eingeschlossen? Wenn etwas anderes der Grund war?

Hier müsste man einen Aufschrei erwarten: Nun reicht es aber! Ihr macht uns noch verrückt mit euren … Versionen. Alles hat seine Grenzen! Genug jetzt!

Und trotzdem …

5. VERSION

»Ein paar Tage später aß ich bei den Pasternaks zu Mittag.«

So beginnt die Schilderung von Nikolaj Wilmont, einem alten Freund des Dichters:

»Ich erinnere mich, dass es um vier Uhr nachmittags einen längeren Anruf gab. Der ›Genosse Pasternak‹ wurde verlangt. Eine junge Männerstimme sagte grußlos:
›Genosse Stalin wird mit Ihnen sprechen.‹
›Unfug, das kann nicht sein! Reden Sie kein dummes Zeug!‹
›Ich wiederhole: Genosse Stalin wird mit Ihnen sprechen. Genosse Stalin!‹
›Das ist doch Unsinn! Wollen Sie mir einen Streich spielen?‹
Die Stimme am Telefon:
›Ich gebe Ihnen die Telefonnummer. Rufen Sie an!‹
Mit bleichem Gesicht wählte Pasternak die Nummer.
›Stalin hier. Sorgen Sie sich (Wy chlopotschete) *um Ihren Freund Mandelstam?‹*
›Eigentlich waren wir nie befreundet. Im Gegenteil, ich mochte den Umgang mit ihm nicht. Aber es war immer mein Traum, mit Ihnen zu reden.‹
Stalin darauf:
›Wir alten Bolschewiki haben unsere Freunde nie verleugnet. Und ich habe keinen Grund, mich mit Ihnen über belanglose Dinge zu unterhalten.‹
Damit war das Gespräch beendet.«

Wilmont fährt fort:

> »*Natürlich konnte ich nur hören, was Pasternak sagte, Stalins Worte hörte ich nicht. Aber Boris Leonidowitsch gab sie mir sofort weiter. In der Erregung des Augenblicks erzählte er mir alles. Und er hatte es sehr eilig, die Nummer anzurufen, die man ihm gegeben hatte, um Stalin zu versichern, dass Mandelstam nie sein Freund gewesen sei, dass er sich also nicht aus Feigheit von einer Freundschaft lossagte, die nie bestanden hatte. Diese Klarstellung erschien ihm notwendig, überaus wichtig. Niemand nahm ab.*«

(Nikolaj Wilmont: *Über Boris Pasternak. Erinnerungen und Gedanken*, Verlag der Sowjetischen Schriftsteller: Moskau 1989.)

Sarnow hebt hervor, dass Nikolaj Wilmont zur Zeit des Telefonats einer der engsten Vertrauten von Pasternak war, aber er gibt auch zu verstehen, dass sich dies Jahrzehnte später, als er die Darstellung gab, wahrscheinlich geändert hatte.

Wenn man den Text liest, erkennt man rasch, dass der Berichterstatter Wilmont seinem ehemaligen Freund nicht wohlgesonnen ist. Natürlich kann man, da es um ein totalitäres System geht, auch noch andere Frage stellen. War Wilmont bereits 1934 dem Dichter gegenüber unehrlich, oder kam das erst später? Brachte ihn das Regime dazu? Und in Weiterführung dieser Frage: War seine Anwesenheit bei Pasternak ausgerechnet zum Zeitpunkt des Anrufs wirklich ein bloßer Zufall? Oder sollte man bei der Ursachensuche doch eher an Neid denken? Nichts ist schwerer zu ertragen als der Erfolg eines anderen, auch wenn es sich dabei um einen engen Freund handelt und der Ruhm so problematische Züge hat und mit Nachteilen behaftet ist wie bei Pasternak.

Verräterisch ist, wie Wilmont beschreibt, was nach der Beendigung des Gesprächs durch Stalin geschieht. Pasternak greift demnach sofort zum Hörer, um Stalin zu versichern, er sei nie ein Freund Mandelstams gewesen. In den übrigen Darstellungen ist seine Intention jedoch eine andere: Er möchte den großen Führer anrufen, um das Missverständnis aufzuklären, das bezüglich seiner Bereitschaft, für den Freund einzutreten, entstanden ist. Natürlich war er bereit, etwas für Mandelstam tun, doch der Anruf hatte ihn überrumpelt … Unter anderen Umständen jedoch …

Man kann Pasternak glauben, dass er sich so oder so ähnlich hatte äußern wollen, denn sonst wäre es ihm nicht so wichtig gewesen, dass der Versuch eines Rückrufs bekannt wurde. Zudem ist verbürgt, dass ihn das Ereignis außerordentlich belastete, besonders nach Mandelstams Tod im Gulag. Ob er den Freund vor der Tragödie hätte bewahren können, war ohnehin stets die Frage.

Schließlich, und das ist wichtig, intervenierte er 1935, also ein Jahr später, bei Stalin zugunsten von Anna Achmatowas zweitem Mann und ihrem Sohn Lew Gumiljow. In dem Brief erinnerte er den Diktator an seine »Kritik« (»Einmal haben Sie mir meine Gleichgültigkeit gegenüber dem Schicksal eines Genossen vorgeworfen«). Diesmal ließ sich Stalin erweichen. Nikolaj Nikolajewitsch Punin, Achmatowas Ehemann, und ihr Sohn Lew wurden eine Woche nach Pasternaks Brief freigelassen, und es war sogar Poskrjobyschew, Stalins bereits erwähnter Sekretär, der Pasternak anrief, um ihm die Botschaft zu übermitteln.

Insgesamt schien sich im Umgang mit dem Dichter eine deutliche Entschärfung abzuzeichnen. Die Belege waren überzeugend und in den Nachrichtenteilen und -sendungen leicht überprüfbar, zumal es um namhafte Persönlichkeiten und bekannte Tatsachen ging – Anna Achmatowas Sohn, ihren zweiten Ehemann sowie Pasternaks Brief an Stalin, worin das Telefonat ausdrücklich erwähnt wurde.

Trotzdem spielten diese Sachverhalte erstaunlicherweise nicht die entscheidende Rolle, die ihnen hätte zukommen müssen. Das war vermutlich darauf zurückzuführen, dass diese letztlich ohne viel Aufhebens und große Sympathiebezeugungen erfolgte Intervention im allgemeinen Getöse unterging. Wäre das nicht so gewesen, hätte sich ein ganz anderes Bild ergeben, zumal von den Hauptzeugen Wilmont als einziger nicht zur Familie gehörte.

Ein weiteres Zeugnis stammt von Sinaida Pasternak, der Ehefrau des Dichters, und das dritte von diesem selbst, der nach eigenem Eingeständnis der Verursacher dieses gewaltigen Durcheinanders war. Der Hauptschuldige.

Verstörtheit wurde als wesentlicher Grund für das Debakel angeführt, jedoch erschien diese Erklärung nicht sehr belastbar, da eine Neigung zur Verstörbarkeit bei Dichtern immer angenommen werden muss.

Ohnehin kam man mit dieser Erklärung nicht sehr weit, obwohl sie auf den ersten Blick einleuchtend erschien. Urplötzlich ruft der Tyrann an, von dem jedermanns Leben abhing. Wer wäre da nicht irgendwie verstört gewesen?

Dafür, dass Pasternak zu den prominentesten Dichtern gehörte, ließ er sich leichter verunsichern, als es hätte sein dürfen. Als ihm die unbekannte Stimme mitteilt, Stalin wolle mit ihm sprechen, erschrickt Pasternak, sein erster Reflex ist Ablehnung. Dieses Telefongespräch möchte er nicht führen. Er kann nicht glauben, was er hört, aber in diesem Fall ist Ungläubigkeit eine Form der Verweigerung. Es wäre ihm lieber, wenn sich jemand einen Scherz mit ihm erlaubte. So kommt es zum Rückruf, und dann ertönt Stalins Stimme.

In seinen eigenen Darstellungen behauptet Pasternak niemals, es sei ihm einfach zuwider gewesen, die Stimme des Diktators zu hören, was immerhin verständlich gewesen wäre, denkt man an dessen harschen Ton und sein böses Fluidum. Vielleicht hilft es dabei, Pasternaks Verstörung besser zu verstehen, wenn man zu diesem Juninachmittag des Jahres 1934 zurückkehrt.

Mandelstam, einer der bedeutendsten Poeten des Landes, ist verhaftet worden. Ganz Moskau spricht von nichts anderem. Das Rätsel um seine Person, sein Schicksal wird von Tag zu Tag größer. Selbstverständlich hat Mandelstam regelmäßigen Umgang mit allen bekannten Schriftstellern, Pasternak eingeschlossen. Man muss sich diesen Kreis als verschworene Gemeinschaft vorstellen, in die gerade der Blitz eingeschlagen hat.

Pasternak hat also guten Grund, erschreckt zu sein, schließlich ist er selbst nur knapp davongekommen.

Allerdings gibt es für ihn auch noch ein anderes, viel schwerwiegenderes Motiv. Vor zwei Monaten, bei einer zufälligen Begegnung auf der Straße, hat Mandelstam ihm *etwas* von sich vorgetragen … Als er am Telefon Stalins Stimme hörte, muss Pasternaks erster Gedanke gewesen sein, dass es *darum* ging. So wie er bei der Nachricht von Mandelstams Verhaftung zuerst *daran* gedacht hatte.

Dieses *Etwas* hatte noch keinen eigenen Namen, was alles noch beängstigender machte. Später erfuhr man, dass Pasternak Mandelstam mitten in seinem Vortrag angeherrscht hatte: »Ich habe nichts gehört, und Sie haben nichts rezitiert.« Das sei keine Kunst, das sei Selbstmord.

Das tödliche Produkt erhielt erst einen Namen, als man von »dem Gedicht« sprach.

Nicht nur Pasternak hatte sich aufgeregt. Mandelstam benannte in den Verhören alle anderen Personen, denen er das Gedicht vorgelesen hatte, nur Pasternaks Namen gab er nicht preis, was dieser allerdings nicht wissen konnte. Auch

Stalin wusste nicht, ob Pasternak das Gedicht kannte. Einige Autoren haben sogar vermutet, der Hauptgrund für den Anruf des Tyrannen sei gewesen, herauszufinden, ob Pasternak Kenntnis hatte. Stalin wollte unter allen Umständen eine Verbreitung des Gedichts verhindern, und in diesem Punkt fielen beider Interessen zusammen.

Das Gedicht war von bescheidener Qualität wie so viele Wutprodukte. Von *stishki* konnte man sprechen: Verslein. Stegreiflyrik. Manche hielten es schlicht für eine Provokation.

Nicht nur das Bild, das von Stalin gezeichnet wurde, sondern auch alles andere wirkte irgendwie ungeschliffen, verächtlich: der Stil, der Rhythmus, die ganze Sprache, die keinesfalls dem Puschkin'schen Standard entsprach.

Kak podkowy kuet sa ukasom ukas –
Komu w pach, komu w lob, komu w brow, komu w glas.
Und er schmiedet, der Hufschmied, Befehl um Befehl –
In den Leib, in die Stirn, dem ins Auge fidel.

Man spürte, dass in den Versen außer dem Dichter noch ein anderer gegenwärtig war. Der Poet und der Tyrann hausten gemeinsam darin, um Klarheit ringend und in Verblendung verbunden, zweifelnd und vom gleichen Schrecken überwältigt.

Der Rhythmus der Tragödie führte sie am gleichen Treffpunkt zusammen. Wer bist du, dass du wissen willst, was ich weiß oder nicht weiß? Und du, wer bist du?

Manchmal, wenn sie des Theaters müde waren, suchten sie einen Ausweg. Aber es gab keinen, nur den immer gleichen Rhythmus, den immer gleichen Refrain: Wer bist du, dass du glaubst, mich einschüchtern zu können? Und du, wer bis du? Wer sind wir am Ende alle?

Ein ungewöhnlicher Pakt zwischen dem Tyrannen und dem Schriftsteller bahnte sich an. Die Versuchung war da und lauerte auf den Moment, da der Poet, ohne es zu bemerken, innerlich zerbrochen war. Für ihn war der andere, der Tyrann, bis dahin eine Null gewesen, ein Lapsus, ein unermessliches Nichts. Nun änderte sich plötzlich alles. Die Verachtung hatte einer perfiden Absprache zwischen den beiden Platz gemacht. Ihr Rang machte es beiden möglich, einander zu akzeptieren. Es war nicht mehr nötig, dem anderen vorzuhalten, er sei weniger als nichts, kein Herrscher jedenfalls, während er selbst, der Schriftsteller, sich leicht dazu erheben könne, wisse er doch wenigstens, wie man herrscht … einsam … ohne jede Unterstützung.

Schrecklich müde, wie er war, hatte er nur noch den Wunsch, Zuflucht in der Familie zu suchen, bis er merkte, dass auch dort, in den Armen seiner Frau, von all den tröstenden Worten jene am beruhigendsten klangen, die ihm versicherten, er habe keinen Grund, den Tyrannen zu fürchten, da schließlich er der eigentliche *týrannos* sei, der andere dagegen nur ein Epigone.

6. VERSION

Wir haben inzwischen nicht nur die Hälfte der Versionen abgearbeitet, sondern sind auch im intimen Kreis der Familie angekommen, wo die Dinge ja angeblich anders liegen. Hören wir also, was Sinaida Nikolajewna Pasternak, die Ehefrau des Dichters, zu sagen hat.

»Das Telefon befand sich im Gemeinschaftsflur. Ich lag krank mit einer Lungenentzündung im Bett. Irgendwann kam ein Nachbar hereingelaufen, um zu sagen, dass Boris Leonidowitsch vom Kreml angerufen werde. Ich war überrascht von Borjas ruhigem Gesicht, er war nicht im Geringsten aufgeregt. Als ich ihn sagen hörte: ›Ich grüße Sie, Josef Wissarionowitsch‹, wurde mir ganz heiß. Ich bekam nur mit, was Boris sagte, und war erstaunt, dass er mit Stalin in ganz normalem Ton redete. Schon bei den ersten Worten wurde mir klar, dass es in dem Gespräch um Mandelstam ging. Borja sagte, er sei von seiner Verhaftung überrascht worden und obwohl er mit Mandelstam nicht befreundet sei, erkenne er alle Qualitäten eines erstklassigen Dichters an und habe ihm immer Anerkennung gezollt. Er bat darum, Mandelstams Notlage nach Möglichkeit zu lindern und ihn möglichst freizulassen. Und überhaupt würde er ihn, d.h. Stalin, gerne treffen und mit ihm über ernstere Dinge sprechen – über das Leben, über den Tod. Borja sprach einfach, ohne Scheu, ohne Politik, sehr direkt mit Stalin. (…)

Ich fragte Borja, wie Stalin auf den Vorschlag reagiert habe, über Leben und Tod zu sprechen. Es stellte sich heraus, dass Stalin gesagt hatte, er würde gerne mit ihm sprechen, wisse aber nicht, wie er das anstellen solle.«

An der Darstellung fällt auf, dass Sinaida gleich zweimal die vorbildliche Ruhe ihres Ehemannes betont, wo andere gerade seinen abträglichen Mangel an Gelassenheit hervorheben.

Was das angebliche Ersuchen anbelangt, Mandelstam freizulassen, darf man davon ausgehen, dass diese Aussage nicht stimmt. Pasternak selbst hat dergleichen nie behauptet oder auch nur zu Verstehen gegeben.

Sinaida Pasternaks Schilderung zeugt von ihrem langen Kummer und einer quälenden Auseinandersetzung mit dem eigenen Gewissen um etwas, das hätte geschehen sollen, aber nicht geschehen war. So gesehen, ist ihre Darstellung unwahr, ohne dass man sie deshalb erfunden nennen könnte.

Sie war lange seine Ehefrau. Die beiden haben vieles gemeinsam durchgestanden, Zweifel, Unwägbarkeiten, Ängste. Auf schwierige Fragen fanden sie Antworten, und sie bemühten sich um Rechtfertigungen.

Auch wenn man ihr die Sichtweise einer Ehefrau zugutehält, kann man sich des Eindrucks nicht erwehren, dass hier die Dinge auf den Kopf gestellt werden. Die Frage, ob zutreffend ist, was wir bisher zu wissen glaubten, stellt sich danach umso dringender.

In ihren 1993, also sehr lange nach dem Ereignis, veröffentlichten Erinnerungen schreibt Sinaida, nur wenige Stunden nach dem Telefongespräch mit Stalin habe ganz Moskau Bescheid gewusst.

Dass sie das Geschehen im Stile des amtlichen Optimismus à la Sowjetunion in ein positives Licht taucht, zeigt, dass wir es nicht nur mit innerfamiliären Mechanismen zu tun haben, sondern mit der Stimmung im Land ganz allgemein.

Biographen, die über tiefere Einblicke in das Leben des Ehepaars Pasternak verfügen, haben recht klar aufgezeigt, dass Sinaida Nikolajewna nicht aufgrund des Drucks und der Umstände »ein bisschen sowjetisch« wurde, sondern immer eine Schwäche für die Sowjetordnung hatte.

Wo Schriftsteller und Künstler Probleme mit dem kommunistischen Staat hatten, gab es immer zwei Sorten von Ehepartnern oder Geliebten, solche, die den ihnen nahestehenden Menschen in seinem Unbehagen bestärkten, und andere, die zu beschwichtigen versuchten, aus Sorge um das emotionale Gleichgewicht oder wegen der alltäglichen Angst um die Kinder, vor drohender Verbannung und so fort.

Im Nachhinein herrscht der Eindruck vor, Pasternak sei ein vereinsamter Schriftsteller gewesen, gegen den sich die ganze Sowjetunion erhob, nicht nur der Staat, sondern auch das Volk. Vor diesem Hintergrund wirkt die Haltung der Ehefrau mehr als widersprüchlich: Einerseits ist sie die getreue Gattin, andererseits ein Rädchen des sowjetischen Machtapparats.

Zu seinen Lebzeiten mit diesem Dilemma konfrontiert, hätte der Dichter wahrscheinlich nicht bestreiten können, dass wenigstens ein Teil von ihm als Faustpfand beim Staat verblieben war, und zwar in jeglicher Hinsicht. Dass er später vor die bittere Alternative gestellt wurde, sich zwischen dem Nobelpreis und Russland zu entscheiden, scheint seine Lebenszeit verkürzt zu haben.

Und wenn er, *der andere*, der Herrscher, ebenfalls nicht frei von solchen Sorgen war? Auch wenn sie, wie alles bei einem Tyrannen, von anderer Art gewesen sein mochten, verdienten sie nicht doch die gleiche Bezeichnung: Sorgen?

Vielen Menschen, die von der ewigen Suche nach Normalität oder Gründen zur Nachsicht erschöpft waren, hatten vielleicht vor Augen, wie der Herrscher gebeugt zur Beisetzung seiner Ehefrau gegangen war.

Es war nicht leicht für einen Diktator, der ein Drittel des Erdballs beherrschte, einsam dem Sarg der Frau zu folgen, die ihrem Leben selbst ein Ende gesetzt hatte.

Von diesem Gesichtspunkt aus ließen sich auch alle anderen Fragen betrachten, den Anruf des Tyrannen beim Dichter eingeschlossen. Wie kam es dazu? Was bezweckte er? Suchte Stalin wirklich Rat, was Mandelstam betraf, oder war es nur ein arglistiges Manöver?

Wessen Manöver? Und wer sollte getäuscht werden?

Zum Verrücktwerden, diese ganze Geschichte. Was hatte das Telefongespräch zu bedeuten? Warum fand es überhaupt statt? Ging es wirklich um ein Gedicht oder etwas Gedichtähnliches? Um ein Gedicht zwar, aber nicht dieses, sondern ein anderes, wie gemunkelt wurde? Eine Ode …

7. VERSION

»Nadja schickte ein Telegramm an das ZK. Stalin befahl, die Angelegenheit noch einmal zu überprüfen …, dann rief er Pasternak an. … Das Übrige ist nur zu bekannt. … Stalin teilte mit, dass die Anordnung gegeben worden sei, mit Mandelstam alles in Ordnung zu bringen. Er fragte Pasternak, warum er sich nicht eingesetzt habe.«

Diese dem Anschein nach nicht besonders belangvollen Worte stammen von Anna Achmatowa, der berühmtesten aller Zeuginnen und Zeugen.

Möglich, dass manche von der großen Dame der russischen Literatur des 20. Jahrhunderts Eindrucksvolleres erwartet hätten. Der vermeintlich enttäuschende Bericht erklärt sich aus ihrer stets distanzierten, dem Geschehen um sie herum abgewandten Persönlichkeit.

Die mythenumwobenste Schriftstellerin ihrer Zeit war durch eine Zeichnung, die Amedeo Modigliani in einem Café in Paris von ihr angefertigt hatte, früh berühmt geworden. Damals war sie frisch vermählt mit dem akmeistischen Dichter Nikolaj Gumiljow, der 1921 als Konterrevolutionär erschossen wurde. Anna Achmatowa, die sich 1918 von ihm hatte scheiden lassen, führte in den folgendem Jahrzehnten ein auch für das Russland jener Zeit mehr als nur bewegtes Leben.

Mit dem Ruhm war sie so vertraut wie mit dem Unglück. Schön und eigenwillig, galt sie den einen als die »Königin der

Newa«, während ein anderer, der Parteiideologe Schdanow, sie als »bald Nonne, bald Hure, am ehesten Nonne und Hure zugleich« beschimpfte. Auch »russische Sappho« wurde sie genannt oder – von einem jungen Dichter in geradezu monarchistischer Ehrerbietung – »Anna von ganz Russland«. Verbunden war sie beiden Poeten, Mandelstam und Pasternak.

Mit Letzterem hat sie nicht gerade unschuldige Verse ausgetauscht, auch wusste sie zu vermelden, dass Pasternak ihr mehrere Heiratsanträge gemacht habe, die sie natürlich ablehnte, weil er ja bereits verheiratet war.

In ihren *Blätter aus dem Tagebuch* genannten Erinnerungen an Ossip Mandelstam berichtete sie im Juli 1963, also drei Jahre vor ihrem Tod, über das Gespräch zwischen dem Dichter und dem Tyrannen:

»Er (Stalin) fragte Pasternak, warum er sich nicht eingesetzt habe.
›Wenn ich einen in Not geratenen Dichter zum Freund hätte, würde ich das Unmögliche versuchen, um ihn zu retten.‹
Pasternak entgegnete, die Tatsache, dass Stalin von der Angelegenheit erfahren habe, zeige, dass er sich sehr wohl eingesetzt habe. (…)
›Aber er ist doch Ihr Freund?‹ Pasternak geriet ins Stocken, und nach einer kurzen Pause fragte Stalin weiter: ›Aber er ist doch ein Könner, nicht wahr, ein Könner?‹ Pasternak antwortete: ›Das ist nicht wichtig.‹
Boris Leonidowitsch dachte, Stalin wolle herausbekommen, ob er von dem Gedicht wisse, und damit erklärte er seine zögernden Antworten.
›Warum sprechen wir die ganze Zeit nur über Mandelstam, ich möchte seit langem schon über etwas anderes mit Ihnen sprechen.‹
›Und worüber?‹

›Über das Leben und den Tod.‹
Stalin legte auf.«

Wie bei jeder der unterschiedlichen Darstellungen, die wir Versionen nennen, gibt es auch hier Einwände und Fragen, ungeachtet der Reputation der Berichterstatterin. Die erste und wahrscheinlich wichtigste Frage ist, ob es sich um eine Schilderung vom Hörensagen handelt.

Man darf annehmen, dass Nadja Mandelstam die ursprüngliche Referenz ist, die Ehefrau des Poeten und über lange Jahre hinweg Anna Achmatowas beste Freundin. Der zarte Anhauch von Hoffnung, erwachsen aus langen Phasen der Verzweiflung, muss wohl eher der Gefährtin des Märtyrerpoeten als Anna Achmatowa zugeschrieben werden.

In Anna Achmatowas Tagebuch wurde das Ereignis beschrieben, als sei ein Sturm hereingebrochen, oder besser zwei Stürme, die, obgleich vergangen, nicht voneinander zu trennen waren.

Wo immer Frauen in dem, was man heute als den Stalin-Pasternak-Fall bezeichnen könnte, eine Rolle spielten, verbanden sich mit ihnen im selben Maße Hoffnungen wie völlige Hoffnungslosigkeit, also genauso viel Freude wie Entsetzen.

Das war vor allem, wenn man bloß vermutete und nichts verstand. Dann kamen Frauen rasch ins Spiel, und zwar von dort, wo man es am wenigsten erwartete, fernen Grenzen und Sprachen, manchmal sogar aus dem Reich des Todes.

Bereits zu Boris Pasternaks Lebzeiten wurden viele Vermutungen darüber angestellt, wer sich im Roman *Doktor Shiwago* hinter der Figur der Lara Antipowa verbirgt, seine Ehefrau Sinaida Nikolajewna oder Olga Iwinskaja, die Geliebte. Obwohl es durchaus nicht unlösbar erschien, verkomplizierte sich das Problem nach seinem Tod noch, um sich schließlich zu einem Rätsel nahezu planetarischen Ausmaßes zu entwickeln.

Es lief immer gleich ab. Erst hielt man es für selbstverständlich, dass die zentrale Frauengestalt des Romans, die »Doktorin«, nach dem Vorbild der Geliebten gestaltet war, doch irgendwann stellte sich heraus, dass die Ehefrau nicht so leicht bereit war, die Waffen zu strecken.

Beide überlebten ihn. Dann gesellte sich mit leichten, fast geisterhaften Schritten auch noch eine dritte Nebenbuhlerin dazu.

In Dichterbiographien kommt so etwas selten vor. Obwohl alle Erkenntnisse und auch der Kalender dagegen sprachen, erschien plötzlich jemand auf der Bildfläche, mit dem man nicht hatte rechnen können. Man durfte getrost von einer Intervention des Volkes sprechen. Offenbar hat dieses wenig Mühe damit, umzustoßen, was sehr lange festzustehen schien.

Wir sprechen hier von Anna Achmatowa.

Anfangs lächelte man darüber. Sicher, es hatte Gerüchte gegeben, aber niemand hatte ihnen geglaubt, zumal es keine Fakten und Belege gab. So vergaß man sie wieder.

Die Spekulationen lebten wieder auf, nachdem er und die drei Frauen sich von der Welt verabschiedet hatten. Nun, da es um Geister ging, ließen sich die Dinge anscheinend leichter zusammenbringen. Wie allen Völkern, denen die Literatur am Herzen liegt, gefiel es auch dem russischen Volk, die Dichter, die es liebte, mit Bräuten nach seinem Geschmack zu verkuppeln, auch wenn die Verbindung im Widerspruch zu Zeit und Logik stand.

Die gerüchteweise Bekanntgabe der Verlobung Boris Pasternaks mit Anna Achmatowa mochte hundert Jahre gedauert haben, aber was war das schon, wenn es um eine tausendjährige Ehe ging?

Der Schreiber dieser Zeilen zum Beispiel hörte 2010 davon, rund ein halbes Jahrhundert nach seinem Weggang aus Moskau.

Ich kehrte zum ersten Mal in die Stadt zurück, in der ich studiert hatte, und diesmal nicht im Traum, sondern leibhaftig. Es wird also tatsächlich wahr, dachte ich, als ich das Flugticket Paris–Moskau in den Händen hielt. Und es ist ein Flugzeug, das mich dorthin bringt und nicht die Straßenbahn mit Hörnern, von der ich geträumt habe. Gar nicht zu reden von den beiden merkwürdigen Wesen, halb Blitz, halb Hure, die ich einen Monat zuvor gebeten hatte, mich per Anhalter mitzunehmen …

Man kann vielleicht ermessen, wie ich mich an meinem ersten Tag in Moskau nach mehr als fünfzig Jahren fühlte. Vor allem in der ersten Nacht. Ich zappte durch die Fernsehkanäle, und irgendwann um die Geisterstunde schaffte ich es, mich auf einen Film zu konzentrieren, der mir einigermaßen interessant vorkam. Attraktive Frauen in luxuriöser Umgebung, eine russische Produktion.

Eine der Protagonistinnen hieß Anna, aber ich hätte mir wahrscheinlich nichts dabei gedacht, wenn nicht irgendwann ein Buch verboten worden wäre. Der Blick des unglücklichen Autors war so traurig, dass die beiden mitleidigen Frauenaugen besonders gut zur Geltung kamen.

Wenn das nun Anna und Boris Pasternak wären, dachte ich. Ich hatte vage Anspielungen auf einen Flirt zwischen ihnen mitbekommen. Das Paar auf dem Bildschirm wirkte verliebt.

Am nächsten Tag erkundigte ich mich bei meinem russischen Begleiter, ob die inzwischen geöffneten Archive dazu etwas hergaben. Er ging nicht darauf ein. Heutzutage, sagte er, gibt es nichts, was nicht erzählt wird.

Wir blieben beim Thema, und als ich auf Pasternaks Telefongespräch mit Stalin kam, schien mein Begleiter etwas interessierter. Ja, davon habe er gehört. Und als ich erzählte, ich sei dabei, darüber zu schreiben, meinte er: Ach, wie schön!

Ich hätte gerne noch ein bisschen länger über Anna Achmatowa und Boris Pasternak gesprochen, und auch über die Frage, warum die Völker bei der Brautschau so behäbig zu Werk gingen, aber es wurde nichts daraus, wahrscheinlich, weil mir nicht einfiel, was »Brautschau« auf Russisch hieß.

8. VERSION

Obwohl sie von Nadeschda Mandelstam stammt, der Ehefrau des Märtyrerpoeten, ist dies die sparsamste, man könnte auch sagen: kühl-sachlichste Beschreibung des Ereignisses.

Das ist einigermaßen verständlich, denn wenn Sorge, ein Gefühl des Ausgeliefertseins und Unzufriedenheit über das, was versäumt wurde, eine Rolle spielen, dann vor allem bei ihr.

> *»Stalin teilte Pasternak mit, dass Mandelstams Urteil revidiert sei und seine Sache gut ausgehen werde. Dann folgte ein unerwarteter Vorwurf: Warum sich Pasternak nicht an die Schriftstellerverbände oder ihn (Stalin) gewandt habe, warum er sich nicht für Mandelstam einsetzte: ›Wenn ich ein Dichter wäre und meinen Dichter-Freund ein solches Unglück träfe, so würde ich alles tun, um ihm zu helfen.‹ Pasternak antwortete: ›Die Schriftstellerverbände befassen sich mit solchen Sachen seit 1927 nicht mehr, und wenn ich mich eingesetzt hätte, so hätten Sie wahrscheinlich nichts davon erfahren.‹«*

Wie Achmatowas beginnt auch Nadeschda Mandelstams Bericht mit Stalins Zusage, die Sache werde einen positiven Ausgang nehmen. Letzten Endes bedeutete dies, dass er Pasternak gar nicht anrief, um mit ihm zu besprechen, was mit dem in Ungnade gefallenen (*s opal'nym*) Dichter geschehen solle, ob er zu bestrafen oder zu begnadigen sei, sondern aus einem ganz anderen Grund.

Die Frage, was damit gemeint gewesen sein könnte, ist wie geschaffen für Reflexionen wie diese.

Bei unvoreingenommener Betrachtung geht es in Nadja Mandelstams Bericht im Wesentlichen um zwei Punkte: Stalins Mitteilung, die Sache werde gut ausgehen, und eine Beschwerde, die er vorbringt.

Auf den ersten Blick scheint beides in einem gewissen Widerspruch zueinander zu stehen. Wenn man genauer hinschaut, merkt man, dass seine beiden Aussagen sich nicht nur vertragen, sondern sogar gegenseitig unterstützen.

Auf eine Entlastung Pasternaks laufen alle beide hinaus. Was Stalin mitzuteilen hat, ist durchaus nicht schlecht für seinen inhaftierten Freund. Und die Kritik bekräftigt letztlich den positiven Charakter der Nachricht.

Aus den Erinnerungen von Ossip Mandelstams Witwe Nadja lässt sich eine gewisse Reserviertheit Pasternak gegenüber herauslesen. Ist das ein zufälliger und womöglich sogar falscher Eindruck, oder erkennen wir darin einen Stimmungswandel gegenüber einem Mann, der sich als Freund, Kollege und Rivale ihres Mannes stets auf der Erfolgsspur befand, während bei Ossip Mandelstam alles schiefging?

Nadeschda Mandelstams vielgelesene Erinnerungen, vor allem ihre sehr zurückhaltende Darstellung, sollten maßgeblich zu der Annahme beitragen, zwischen den beiden Genies habe eine heimliche Antipodenschaft bestanden.

Waren es die späteren Ereignisse, die ein Licht in den Nebel warfen, oder war sie es selbst, der Mensch, der dem Dichter am nächsten stand und Geheimnisse kannte, um die sonst niemand wissen konnte?

Als sie in die Lubjanka gerufen wurde, wo er inzwischen einsaß, um zu bekunden, ob sie bereit war, ihn in die Verbannung zu begleiten, war dies wohl eines der tragischsten Kapitel dieser Geschichte. Außer dass sie einwilligte, wissen wir wenig. Nicht, welchen Verlauf das Treffen nahm, welche Worte, welche Blicke sie wechselten. Wir wissen nichts von den Bedenken, wenn es welche gab, bei ihr, insbesondere aber bei ihm. Vor allem aber kennen wir nicht die Absicht, die mit diesem üblen Schauspiel verfolgt wurde, das gewiss von mehreren im Raum anwesenden oder irgendwo verborgenen Geheimpolizisten überwacht wurde. Und natürlich wissen wir nicht, was sich hinter der Bühne abspielte, ob es Versprechungen gab, direkte, zweideutige.

Ebenso brutal war auch die Hausdurchsuchung bei den Mandelstams in der Nacht der Verhaftung. Anna Achmatowa berichtet, dass die Polizisten auf der Suche nach Gedichten achtlos über die aus einem kleinen Koffer herausgerissenen Manuskripte hinweggetrampelt seien. Aus der Heftigkeit und zugleich Achtlosigkeit der Aktion wurde später geschlossen, dass das Objekt der Suche von vorneherein feststand: das Manuskript eines Gedichts.

Eine in ihrer Vehemenz vergleichbare Szene hatte annähernd hundert Jahre vorher stattgefunden, als die zaristische Polizei im Arbeitskabinett von Puschkins Wohnung, wo der schwerverletzte Dichter vor kurzem noch in Agonie gelegen hatte, mit der gleichen Rücksichtslosigkeit die Handschrift des Gedichts *Exegi monumentum* suchte. Während im Fall Mandelstam nicht bekannt war, ob der gesuchte Ausdruck »Bergmenschen im Kreml« überhaupt in einem Manuskript vorzufinden war, wusste man bei Puschkin um die Existenz der Handschrift von 1836, wobei die Besorgnis allerdings eher einem einzigen Wort als dem ganzen Gedicht galt.

Es ist viel über diese Hausdurchsuchung gesprochen worden, deren Zweck nicht unbedingt die Vernichtung des Testaments in Gedichtform war. Es ging mehr um das Wort *Alexander*, denn dies war der Name des Vorgängers des regierenden Zaren Nikolaj I. von Russland, also etwas durchaus Heikles, was auch die Anwesenheit von Wassili Schukowski bei der Durchsuchung erklärte, des bekanntesten Dichters im Russland jener Zeit. Schukowski übte die Funktion eines »literarischen Aufsehers über die Durchsuchung« aus, also eines Zensors, eines neuen Berufes, der weltweit im Aufkommen war, und es oblag ihm, die aufgefundenen Schriften zu überarbeiten oder, wenn er sie für schädlich befand, endgültig zu vernichten.

Schukowski genoss das Vertrauen des Zaren, mehr aber noch das des Dichters, mit dem er eng befreundet war. Das Schicksal, das Puschkins später bekanntestem Gedicht drohte, dauerte ihn, so dass er, um es zu retten, den riskanten Namen änderte, nämlich von Alexander in Napoleon. So fand sich Puschkin im Höhenvergleich der im Gedicht erwähnten Denkmäler plötzlich nicht einem russischen Zaren, sondern dem französischen Kaiser gegenüber.

Dabei schmälert Puschkin den Herrscher gar nicht in seiner Erhabenheit, nur ragt des Dichters Haupt höher (*wysche*) empor als Alexanders (respektive Napoleons) Mal aus Stein.

Schukowsi ging also höchst überlegt vor, indem er die Streitfrage, wer nun höher ragte, der Dichter oder der Herrscher, aus Russland heraushielt und nach Frankreich verlagerte. Die Rechnung ging auf, das Gedicht überstand den ersten, gefährlichsten Sturm.

Allerdings hatte Schukowskis »Verbesserung« keinen langen Bestand, sondern brach auch ohne eine französische Intervention in sich zusammen, die darauf gezielt hätte, Napoleons Namen durch einen anderen, zum Beispiel britischen oder türkischen, zu ersetzen. Das kam daher, dass eine Kopie des Manuskripts bereits zu Lebzeiten des Dichters in Freundeshände gelangt war.

Was die Dramatik des Ablaufs und die Auswirkungen anbelangte, ließen sich die beiden Durchsuchungen nicht vergleichen. Puschkins Testament ließ sich durch den Austausch eines einzigen Wortes retten, während in Mandelstams Fall eine Einziehung des Gedichts nicht für ausreichend erachtet wurde. Verschwinden sollte nicht nur die Erinnerung an die Verse, sondern auch die Erinnerung an ihre Vernichtung.

In Fällen wie diesem ließ sich ein spöttisches Lächeln schwer unterdrücken, und man fragte sich, ob der Bericht über das, was als »Groteske der Zeit« bezeichnet wurde, nicht übertrieben war.

Statt Dingen, die man bisher nur in Büchern, nicht im wirklichen Leben für möglich gehalten hatte, passierte nun immer mehr, das man sich nur im richtigen Leben, auf keinen Fall aber in Büchern vorstellen konnte.

Dass in Peredelkino, dem »Dorf der Poeten«, zwei Dichter in eine Unterhaltung vertieft spazieren gingen, war ein alltäglicher Vorgang. Fast unglaublich erschien es dagegen, dass es sich dabei nicht um Isakowski und Isaak Babel oder Fadejew und Pawlenko handelte, sondern um die unzertrennlichen Störenfriede Pasternak und Mandelstam ... Immerhin schrieb man das Jahr 1937, was die Vermutung nahelegte, man habe es mit Gespenstern zu tun.

Denn die aufregenden Ereignisse, die sich drei Jahre zuvor, also 1934, abgespielt hatten, der Telefonanruf, die Verhaftung und Verbannung Mandelstams, sein Selbstmordversuch, waren in der Erinnerung zwar etwas verblasst, aber vergessen hatte man sie noch nicht.

Irgendwie brachte man es nicht zusammen: Entweder hatte sich im Juni 1934 das beschriebene Drama mit allen seinen Auswirkungen tatsächlich abgespielt, oder die beiden Poeten auf ihrem dichterüblichen Spaziergang in Peredelkino waren die Realität, was die Erinnerung an das damalige Geschehen als wilde Phantasterei erscheinen ließ.

Erstaunlicherweise ließ eine Überprüfung der Ereignisse beide Tableaus zu. Was Mandelstam an Schrecklichem erlebt hatte, war komplett verifizierbar, man kannte sogar das Stockwerk und Fenster des Gebäudes, aus dem er sich 1934 in suizidaler Absicht gestürzt hatte, so wie man die Namen der Verbannungsorte und Lager kannte, wo abseits der öffentlichen Aufmerksamkeit gestorben werden konnte. Allerdings ließ sich das andere Ereignis genauso exakt, wenn nicht noch exakter nachweisen, nämlich Mandelstams Freundschaftsbesuch bei Pasternak in Peredelkino, wo dieser seit neuestem eine Datscha bewohnte …

Mit anderen Worten: Beide Szenarien waren uneingeschränkt gültig, belegt durch Gerüchte, Zeitungsmeldungen, die Rapporte sowohl des NKWD als auch westlicher Geheimdienste. Und erstaunlicherweise wurden beide uneingeschränkt akzeptiert, ohne die Vorbedingung, dass eines ein Traum sein müsse, damit das andere wahr sein konnte.

Kurz: Die Gespenster gingen im Jahr 1937 plaudernd und einander Gedichte vortragend in Peredelkino miteinander spazieren. Handelte es sich um zwei Aspekte des gleichen Ereignisses oder um zwei verschiedene Ereignisse?

Und wieder ging es um ein Gedicht. War es noch das Spottgedicht oder bereits ein anderes, sehr anderes? Von einem solchen ganz anderen Gedicht war immer wieder die Rede gewesen. Wie andersartig es sein musste, erkannte man schon am Titel: »Ode an Stalin«.

Schon wieder ein Grund, sich den Kopf zu zerbrechen. Wieso eilte Pasternak mit der Neuigkeit nicht gleich ans Telefon? Musste für die Weitergabe der sensationellen Nachricht, dass Ossip M. endlich ein anderes Gedicht geschrieben hatte, diesmal das obligatorische, wenn auch nicht zu erwartende, womöglich erst noch ein extra Telefonanschluss eingerichtet werden?

Außer es war so, dass …

Die Menschen waren naturgemäß verwirrt. Die Zeichen der Zeit ließen sich wirklich sehr schwer entschlüsseln, manchmal hatten sie zwei oder sogar drei Bedeutungen.

Seit Jahren befasste sich eine Schar von Experten mit den drei Minuten des inzwischen weit zurückliegenden Sommers 1934, ohne dass etwas dabei herauskam. Man ging noch einmal die zeitlichen Abläufe durch, nahm sich alle Versionen vor. 2014 erinnerte die israelitische Presse an den achtzigsten Jahrestag des berühmten Telefonats, der hundertste rückte näher, und immer noch war man weit von einem grundlegenden Verständnis entfernt.

Es waren stets die gleichen Denkaufgaben. Zum Beispiel erinnerte man sich an mehrere Verhaftungen Mandelstams, aber an keine Entlassung. Schließlich hielt man es sogar für möglich, dass jede Freilassung mit einer erneuten Verhaftung zusammengefallen war.

Andere Geheimnisse änderten unerwartet ihren Code oder ihre Botschaft.

Wenige Tage nach dem dreiminütigen Telefongespräch im Sommer des Jahres 1934, alles rechnete mit Pasternaks Verhaftung, leitete er zur allgemeinen Verblüffung eine Sitzung des Schriftstellerkongresses, auf dem unter großem Pomp der sowjetische und weltweite sozialistische Realismus proklamiert wurde.

Die Sache mit den Stalingedichten blieb unklar. Es gab anscheinend zwei, das böse mit dem Bergmenschen, das ihn in die Bredouille gebracht hatte, und die artige »Ode«, die ihm gleichwohl nicht wieder heraushalf.

Wenn (gewöhnlich hinter vorgehaltener Hand) über dieses Thema gesprochen wurde, fiel irgendwann auf, dass die Gesprächspartner den direkten Blickkontakt vermieden. Etwas war faul an der ganzen Geschichte, aber man getraute sich nicht, es offen auszusprechen. Wenn eines der Gedichte tödlich wirkte und das andere nicht, so hätte nach der Chronologie und Logik der Dinge die »Mörderin« erst nach der harmlosen Ode auftauchen dürfen.

Die allerdings recht geringe Aufmerksamkeit, die dem Problem noch zuteilwurde, erbrachte jedoch ein ganz anderes Ergebnis. Die Datenlage war klar: Zuerst kam der »Bergmensch«, und ihm allein hatte das Telefongespräch gegolten.

Unterhaltungen über das Thema führten meistens zu einem beiderseitigen Verstummen, gefolgt von einem müden Seufzen, das viel von einer Selbstanklage hatte: Wir sind selber schuld, warum geben wir uns bloß mit solch undurchsichtigem Zeug ab?

Als ich in Moskau studierte, zirkulierten dort Gerüchte über ein Foto, das Lenin in seinen letzten Tagen zeigte; man glaubte, darauf Anzeichen einer Syphiliserkrankung zu erkennen. Die Vorstellung war schockierend. Unser Kurskollege Stulpans brachte das Foto irgendwann aus Riga mit. Etwas Deprimierenderes hatte ich noch nie gesehen.

Das erklärt alles, meinte er. Als ich mich wunderte, dass das Foto nicht aus dem Verkehr gezogen worden war, lachte Stulpans ironisch. Ein Freund von ihm habe gemeint: Dieses Foto schadet Lenin nicht, im Gegenteil. Es verleiht diesem Außerirdischen irgendwie menschliche Züge und ist damit in Zukunft womöglich das Einzige, was für ihn spricht. Erstaunlich, nicht?

Zufrieden registrierte er meine Verblüffung.

Vielleicht kommt dir das ein bisschen dick aufgetragen vor, fuhr er dann mit leiser Stimme fort, mir ist es anfangs auch so ergangen. Aber, wie mein Freund meint, irgendwann schlägt die Stunde der Wahrheit, dann kommt alles heraus. Keiner bleibt verschont. Auch Marx nicht, ergänzte er nach einer kurzen Pause.

Marx? Der auch?

Eine Weile starrten wir schweigend auf den Boden.

Er verließ das Thema Marx und stellte mir die Frage: Welcher Teufel das zweitausend Kilometer entfernte Albanien reite, sich plötzlich als bester Freund der Sowjetunion aufzuspielen, ganz anders als sein quasi an Russland angeklebtes Lettland?

Ich zuckte missmutig mit den Schultern, weil ich es als persönliche Demütigung empfand, wenn die Servilität des kleinen Albanien gegenüber Russland erwähnt wurde. Stulpans merkte das und versuchte eilig, mich zu beschwichtigen: So viel anders sei es bei Lettland im Grunde genommen auch nicht …

Meine vollmundige Beteuerung, im Kampf gegen Faschismus und Nazismus wolle Albanien auf keinen Fall hinter den übrigen Ländern der sozialistischen Familie zurückstehen, quittierte er mit Schweigen.

Ja, der Faschismus in Albanien, sagte er nach einer Weile leise. Bei seiner Beschäftigung mit Migjeni habe er einiges über dieses Thema gelernt, obwohl nur selten darüber gesprochen werde. Oder eigentlich gar nicht.

Das stimmte natürlich. Auch ich hatte das unliebsame Wort nur zögernd in den Mund genommen. Warum man bei uns auch jetzt noch einen großen Bogen um dieses Problem machte, leuchtete mir nicht ein. Wahrscheinlich kam es von dem verworrenen Verhältnis der albanischen Faschisten, Nationalisten und Kommunisten untereinander. Es war bekannt, auch wenn man es nur hinter vorgehaltener Hand zu erwähnen wagte, dass die Kommunisten anfangs mit den Nazis ganz gut ausgekommen waren und sie erst bekämpft hatten, als sie die Sowjetunion angriffen. Die Fortsetzung war dann typisch albanisch: Die Nationalisten waren sauer auf die Kommunisten und kollaborierten mit der Begründung, die Interessen der Nation erforderten diesen Schritt, mit den Deutschen. Außerdem konnten sie keine Kolchosen leiden.

Stulpans schaute mich ein wenig skeptisch an. Ich hatte den Eindruck, er halte meine Darstellung für überspitzt, und machte ihm heimlich Vorwürfe, weil er mich durch die Erwähnung von Lenins Syphilis erst auf dieses heikle Thema gebracht hatte.

Er schien Gedanken lesen zu können, denn er kehrte zu Lenin zurück: Was die Geschlechtskrankheit des russischen Führers anbelangte, habe er seinem Freund zunächst nicht zustimmen wollen, denn obwohl sie sich eklig anhörte, sei es ja auch nur eine Krankheit, also menschlich … Wie man in solchen Fällen sagte …

Dieser beschwichtigende Unterton war mir nicht neu, letzten Endes führte er unweigerlich zu einer Rechtfertigung der ausufernden Brutalität der Zeit, in der wir lebten. Doch diesmal war Stulpans richtig wütend. Lenin habe eine Grenze überschritten. Ich begriff, dass er das Schicksal der Zarenfamilie meinte. Der Thron hatte alle in den Abgrund gerissen: das Monarchenpaar, den kleinen Prinzen und die Prinzessinnen, das war bekannt. Aber das war noch nicht das Schlimmste.

Und was soll das sein?, fragte ich.

Es gibt immer Schlimmeres, sagte er. Ich werde dir erzählen, wer unser gemeinsamer Lenin wirklich war.

Stulpans war den Tränen nahe. Hör zu, sagte er nach einer Weile. Es tut einfach weh. Du solltest wissen, was dieser Mensch meinem Lettland angetan hat. Und deinem Albanien ist es wahrscheinlich auch nicht anders ergangen.

Was er sagte, wurde immer konfuser. Schließlich fing er auch noch an, albanische Worte einzustreuen, wahrscheinlich meinte er, ich würde ihn dann besser verstehen. Dabei war es eine Tortur, einen Letten Russisch mit Einsprengseln aus dem Albanischen des 17. Jahrhunderts sprechen zu hören.

Es gehe ihm keineswegs darum, hob er zu erklären an, alles in Bausch und Bogen zu verurteilen, er wünsche sich alles nur ein wenig erträglicher. Das geht dir doch auch so, oder nicht? Du wünschst dir doch auch, dass wir uns nicht dafür schämen müssen, dass diese Zeit uns zu Sündern macht?

Du meinst, es geht nicht schlimmer, als junge Prinzessinnen zu erschießen? Weißt du denn, wie der Anführer der Kommunisten in Russland mit Berichten aus der Provinz umging, auf deren Grundlage Notfallmaßnahmen gegen Hunger und Kälte getroffen werden sollten? Unter den bewundernden Blicken seiner Gehilfen, die gar nicht genug bekommen konnten von seinen genialen Ideen, vermerkte er neben dem Namen jeder Provinz pedantisch die jeweiligen Maßnahmen. In Woronesch zum Beispiel reichte es aus seiner Sicht aus, wenn man die Zahl der Erschießungen ohne Gerichtsurteil um elf Prozent erhöhte, was ihm in Tscheljabinsk unnötig erschien. Für Jekaterinburg hingegen, der alten Hochburg des Antisowjetismus, hielt er dreiundzwanzig Prozent noch für zu wenig. Und so ging es weiter. Mit väterlicher Fürsorge legte er fest, was wo zu tun war, von Krasnojarsk über Nowosibirsk und Samarkand bis hin zum ödesten Flecken jenseits von nirgendwo. Zwölf Prozent, fünfzehn …

Du glaubst mir nicht? Warte nur, wir sind noch nicht am Ende.

Wahrscheinlich seufzte er dabei zärtlich, als unterschreibe er einen Liebesbrief, obwohl er wahrscheinlich nie welche verfasst hat.

Schließlich kam die kaiserliche Familie an die Reihe. Wie mit ihr umgegangen werden sollte, stand zur Debatte, seit das erste Wetterleuchten der Revolution am Horizont erschienen war.

Der Mordbefehl kam von ganz oben, von Lenin persönlich, und er traf alle, den Zaren, die Zarin, den Thronfolger und die Prinzessinnen. Millionen kleiner Mädchen auf der ganzen Welt haben Spaß daran, Prinzessin zu spielen. Welches von den Milliarden Wörtern aller Sprachen hört sich schon harmloser an? Lenin kannte kein Mitleid, es kam ihm nicht in den Sinn, diese kleinen Hexen mit ihren hübschen Namen zu verschonen. Das Urteil war gefallen …

Und natürlich vergaß man nicht den Sohn des Regenten. Den Zarewitsch. Den Thronerben. Den Thronverlierer.

Mit seinem Tod war das Ziel des Königsmords erreicht.

Hunderte waren schon auf diese Weise um den Thron gebracht worden, die Welt hatte sich sogar an die unerträglichsten Fälle gewöhnt, die Ermordung gekrönter Säuglinge. Was man hier aber wissen muss, ist, dass Lenins Todesurteil mit dem Zarewitsch einen Bluter traf. Ein Kratzer hätte genügt, um den hämophilen Knaben umzubringen, und Lenin wusste das. Trotzdem ließ er seinen Körper durch Kugeln und Bajonettstiche verstümmeln.

Und nun stell dir diesen Mann an der Spitze der Macht als das zaghafte Durchschnittsmännchen vor, das ein paar Jahre zuvor in einer dämmrigen Gasse in Zürich eine kleine Schweizer Prostituierte in gebrochenem Deutsch angesprochen hatte: Was kostet, Mädchen? Ist das nicht ekelhaft?

Trotzdem, wenn man sich den kleinen Mann mit dem spärlichen Haarkranz im wahrscheinlich menschlichsten Augenblick seines Lebens anschaut, als er sich die Syphilis einfängt, wirkt er gegenüber dem späteren bolschewistischen Machthaber geradezu wie ein Engel.

Du kamst zu spät, kleine Hure
Ein paar Jahre zu spät.

Ich war zu durcheinander, um die beiden Verse gleich zu verstehen.

Stulpans starrte mich unverwandt an. Konnte man dem Züricher Freudenmädchen wirklich vorwerfen, dass es das Monster nur versehrt und nicht gleich umgebracht hatte, bevor es selbst Abschied von dieser Welt nahm?

Stulpans entschuldigte sich bei mir für seine verrückten Reden, während ich an Marx und die Krankheit dachte, die ihn gewiss nicht weniger geplagt hatte als Lenin sein Leiden, doch ich verzichtete darauf, diesen Punkt Stulpans gegenüber zu erwähnen, denn er machte einen zu fertigen Eindruck auf mich.

Marx kommt auch noch an die Reihe, dachte ich, während ich Stulpans' monotonem Murmeln zu folgen versuchte. Drei Minuten, verstehst du, Mann, nicht mehr als drei Minuten, und sie drehen fast durch bei ihren Interpretationsversuchen. Wie geht man dann erst mit einer ganzen Epoche um, der hässlichsten, die man sich vorstellen kann? Sieben Versionen sollen zu viel sein! Nie und nimmer! Zu wenig, ja.

Diese Worte wiederholte er in einem noch altertümlicheren Albanisch, sechzehntes Jahrhundert in etwa. Er hatte gerade einen Psalm aus dieser Zeit übersetzt.

Jede Einzelheit wirft neue Fragen auf, auch an Stellen, wo man es gar nicht erwartet. Erinnerst du dich an unsere Unterhaltung über den Sphinx?

Nein! Meine Stimme klang lauter als gewöhnlich.

Ich verstehe dich. Du bist müde. Wir sind alle müde.

Josef Syphilisowitsch Stalin … Er konnte einfach nicht aufhören. Schließlich kam er auf die Zeit als solche zu sprechen und zitierte aus Anna Achmatowas Gedicht »Der Weg der ganzen Erde«:

Und der Engel schwor den Lebenden,
dass es keine Zeit mehr geben wird.

Willst du womöglich sagen, wir müssten uns beeilen?, dachte ich.

Nach etwas, das komplett unverständlich war, behauptete er, Achmatowa sei nicht davon abzubringen gewesen, in den vierziger Jahren einige Gedichte geschrieben zu haben, als sie tot war.

Davon hatte ich schon gehört, verwahrte mich aber mit lauter Stimme gegen diese Vorstellung: Unmöglich!

Unmöglich, wiederholte er.

Wir verwendeten dieses Wort in letzter Zeit ziemlich oft. Vielleicht sollte es uns daran erinnern, dass sich zwischen uns etwas Unmögliches abspielte.

Wurden wir unmöglich füreinander?

Er, ich, wir beide … Mit jedem Jahr, das verfloss, ging ein Teil von uns dem anderen verloren.

Aber unsere Gespräche gingen in meinem Kopf weiter. Stulpans, du warst mein bester Freund am Institut. Aber du musst nicht immer den Toten spielen. Schließlich bist du wirklich tot …

Jahre nach unserem Abschied aus Moskau hatte sich Stulpans umgebracht. Aber so vieles war zwischen uns undiskutiert geblieben. Besonders galt das für das Verhältnis Albaniens zur Sowjetunion. Gab es wirklich Streit zwischen den beiden Ländern? War alles nur Theater? Ging es in Wirklichkeit um etwas ganz anderes? Würden wir uns tatsächlich nicht wiedersehen, oder taten wir nur so?

Etwas ganz und gar Unglaubliches war geschehen: In der

Sowjetpresse, die lettische eingeschlossen, wurde Albanien inzwischen als faschistisch bezeichnet. Vielleicht blühte Lettland bald das gleiche Schicksal. Nur gab es Stulpans nicht mehr. Mich schon.

Stulpans, Jeronims, dahingeschieden …

Es half nichts, ich musste das bedrohliche Wechselspiel von Licht und Schatten, das zu allen großen Zerwürfnissen gehörte, ohne ihn bestehen. Oft kam es mir so vor, als seien Pasternaks drei Minuten wieder nur eine meiner schrägen Obsessionen, die ich unbedingt loswerden musste.

Manchmal aber auch nicht.

Ob durch Zufall oder Absicht, jedenfalls hatte ich etwas miterlebt und war nun verpflichtet, diesen fatalen zweihundert Sekunden auf den Grund zu gehen, die Tyrann und Dichter nach den Regeln der Tragödie zusammengebracht hatten.

Die Begegnung war unglücklich verlaufen und hätte im Interesse unseres Kollegen besser nicht stattgefunden.

Deshalb waren wir, die wir etwas davon wussten, dazu verpflichtet, Zeugnis abzulegen, auch dort, wo es eigentlich nicht möglich schien. Moment für Moment, Sekunde für Sekunde … So wie er und unsere anderen Kollegen wahrscheinlich Zeugnis abgelegt hatten, unparteiisch und ohne dass jemand davon erfuhr. Denn anders als ein Tyrann ist die Kunst nicht auf Gnade angewiesen. Sie gewährt sie nur.

9. VERSION

Also dann, Moment für Moment, unparteiisch und ohne Gnade. Die neunte Version. Das Jahr: 1934, selbstverständlich. Bezeugt von einer Frau. Der sechsten bis dahin.

Von den dreizehn Versionen geht die Mehrzahl auf Zeuginnen zurück. Eine Anzeige, die lange Zeit dem NKWD selbst zugeschrieben wurde, wurde in einem Roman – *Das Stalin-Epigramm* von Robert Littell – einer Schauspielerin namens Sinaida Antonowa zugerechnet, über die allerdings nirgends sonst Näheres zu erfahren ist. Eine weitere Version kam von einer Frau, deren hervorstechendstes persönliches Merkmal ihre Verwandtschaftsbeziehung zu dem bedeutenden Komponisten Pjotr Tschaikowski war.

Schon immer richteten sich die Spekulationen auf Frauen, wenn schwer Erklärliches erklärt werden sollte. Angefangen bei Helena von Troja, also jener Frau, die bekanntermaßen von Milliarden von Frauen auf diesem Planeten die berühmteste Liebesaffäre einging.

Das ist leicht zu behaupten, aber viel schwerer zu verstehen und vor allem glaubhaft zu machen.

Wie oft, wenn etwas als bekannt vorausgesetzt wird, behandelten Homers Epen Helenas Geschichte, den größten Skandal der Zeit, eher beiläufig. Später kamen die antiken Tragödien dazu, fast eintausend an der Zahl, prall angefüllt mit Kriegen und Königsmorden.

Das Verlangen, Einblick in die geheimen Zonen des Planeten zu nehmen, war oft so unwiderstehlich wie die Angst davor. Es gab Zeiten, in denen die Menschen in ihrer Welt mit so vielen Geheimnissen konfrontiert waren, dass sie fürchten mussten, bald keinen Platz zum Verstecken mehr zu finden.

Nicht die Lebensgeschichte der Frau, die mit ihrem Geliebten aus dem Haus des Ehemanns geflohen war, um zwanzig Jahre später zu diesem zurückzukehren, ist ins Weltgedächtnis eingegangen. Anstatt der letztlich getreuen Ehegattin ein Ruhmeslied zu singen, gab die Kunst dem Ehebruch den Vorzug und überließ die Treue dem Schdanow'schen »wirklichen Leben« des sozialistischen Realismus.

Von den möglichen Beinamen der kriegführenden Völker für die Frau im Mittelpunkt des spektakulären Skandals – Helena von Troja und Helena von Griechenland – waren logischerweise beide in Gebrauch. Jede der Parteien verknüpfte den unglückseligen Namen mit dem Feind, und erst als das Kriegsglück sich endgültig den Griechen zuneigte, blieb der heute übliche Name, Helena von Troja, für immer an ihr hängen.

Unzählige Worte und Gedanken sind seither auf die Braut des Todes verwendet und verschwendet worden, die auch nach der Rückkehr zum Ehemann die Stadt im Namen behielt, die ihretwegen ausradiert wurde.

Sie selbst hat nichts dazu gesagt. Nicht einmal alltägliche Floskeln sind von ihr überliefert: Nimm mich zu dir. Lass mich hier. Bring mich nach Troja. Dorthin auf keinen Fall. Ich will zurück nach Griechenland. Dorthin auf keinen Fall.

All dies ist uns unbekannt. So wie wir nicht wissen, ob wir ihr Schweigen respektieren oder weiter nachforschen sollen. Wie lief die Entführung ab, wenn es überhaupt eine Entführung war? Was ereignete sich auf der langen Reise? Gehören die Mauern dort wirklich zu Troja? Auch vieles andere wäre noch von Interesse. Nur zu den Orten, an denen die getöteten Soldaten verscharrt sind, gibt es gewöhnlich weder Fragen noch Erklärungen.

Wir wissen sehr wenig über das neunjährige Mädchen aus Florenz namens Bice Portinari, das zwanzig Jahrhunderte nach Helena an der Kirchentür einem Jungen begegnete. Noch einmal neun Jahre später lächelte sie demselben jungen Mann zu, dessen Namen sie nie erfuhr. Danach nichts. Und danach alles.

Sie sollten sich nicht wiedersehen. Niemals berühren. Sie würden andere Partner finden und mit ihnen Kinder bekommen. Sterben. Doch das Geheimnis der an einem Ort im Nirgendwo, an dem nicht geboren oder gestorben wird, gemeinsam ersonnenen göttlichen Komödie blieb auf Dauer bestehen.

Wieder drei Jahrhunderte später hätte man die unmögliche Konversation mit einer neuen Gesprächspartnerin fortsetzen können. Sie trug einen hübschen Namen, Dulcinea del Toboso. Die Süße von Toboso. Sie war es nun, die sagen konnte: Ich weiß nichts. Und ich verstehe nichts. Denn anders als andere Frauen lebe ich nur im Kopf eines verwirrten alten Mannes. Dennoch, die beiden, sie und der Verrückte, haben die dritte Perle der Menschheit aus den Tiefen geborgen, wie man so sagt. Verstehen Sie, meine Dame? Nein, das tue ich nicht, wir haben uns ja nie berührt. Das macht nichts, Sie waren in seinem Verstand. Aber er hatte ja gar keinen Verstand, mein Herr. Ich lebte, wie soll man sagen, in einem … Unverstand.

Seit Jahrhunderten war bekannt, dass der klare Verstand, also die Vernunft, und ihr Gegenteil, die Unvernunft, sich nicht vertrugen. Trotzdem gab es Situationen, in denen dem Mangel an Vernunft der Vorzug gegeben wurde, vor allem in der Liebe und in der Kunst. Manche Frauen, vor allem solche, die sich in Rätseln auskannten und an ihnen Gefallen fanden, ließen sich vom Wort »Mysterium« durchaus nicht abschrecken. Bei ihnen konnten sich eine blitzartige Veränderung der Stimme und der Atmung zum Herbstbeginn oder ein aus altbekannten Gründen verschleierter Blick leicht in Mittel der Verführung verwandeln. Es trat ein Wandel in der seelischen Verfassung ein, den russische Gelehrte in Anlehnung an die französische Wendung »les états d'amour« (die wiederum auf »état de guerre« zurückging) als »Zustand der Verliebtheit« qualifizierten.

Frauen mit solchen Tendenzen sind nach allgemeiner Auffassung als Zeuginnen ungeeignet. Um den Pakt der Neutralität einzuhalten, würde die echte, unparteiische, vernünftige Zeugin, wenn sie merkte, dass sich ihr Blick verschleierte, unverzüglich einen Augenarzt aufsuchen, um sich eine Brille verschreiben zu lassen.

Um es kurz zu machen: Die sechste Zeugin, die keinem der bekannten Kreise von Enigmatikern angehörte, war Maria Bogoslowskaja, die Ehefrau Sergej Bobrows, eines futuristischen Dichters jener Zeit, der dem Leser durch die dritte hier behandelte Version bereits bekannt ist.

Ihren Bericht hat Wiktor Duwakin auf Tonband aufgenommen, wie er das auch bei ihrem Ehemann getan hat.

Hier der Wortlaut:

»Ich war damals gerade aus der Verbannung nach Moskau gekommen, um zu versuchen, Sergej Pawlowitsch irgendwie zu helfen. … Oder ihn zu veröffentlichen. … Mit einem Wort, ich ging zu Pasternak. … Und ich begann darüber zu sprechen, was Sergej Pawlowitsch getan hatte, und ob es vielleicht möglich sei, ihm irgendwie zu helfen. Pasternak runzelte sofort die Stirn und sagte, er habe keine Möglich-

keit zu helfen. ›Wissen Sie von meinem Gespräch mit Stalin?‹ ›Nein, ich habe nichts davon gehört, ich weiß nichts.‹ Da erzählte er mir davon. Er sagte auch: ›Es war nicht leicht für mich, zu reden, ich hatte Gäste.‹

(…)

Stalin fragte ihn, wie er über Mandelstam denke. ›Hierin liegt wahrscheinlich die große Aufrichtigkeit und Ehrlichkeit des Dichters‹, sagte Pasternak zu mir, ›ich kann nicht über etwas sprechen, was ich nicht fühle. Das ist mir fremd. Also habe ich geantwortet, dass ich nichts über Mandelstam sagen kann.‹«

»Pasternak hat also nicht gesagt: ›Er ist ein großer Dichter‹?«

»Nein, das hat er nicht. Mir hat er gesagt, dass er nichts gesagt hat. Und er rechtfertigte sich damit, dass er nicht lügen könne.«

»Wie kam es zu diesem Gespräch?«

»Weil ich ihm einige Gedichte von Sergej Pawlowitsch gezeigt habe. Er sagte, das seien nicht die Gedichte von Bobrow, die er mag. Und außerdem liege es außerhalb seiner Macht, etwas zu tun. ›Verstehen Sie, nach diesem Gespräch ist mein Ansehen (moj prestish) *jetzt gering.‹«*

(Text nach *Ossip und Nadeschda Mandelstam,* Moskau 2002)

Der erste Teil des Berichts von Maria Bogoslowskaja hält einer näheren Prüfung stand. Sie beschreibt ein damals weitverbreitetes Ritual russischer Frauen, die nach der Rückkehr aus der Verbannung, wo sie ihre Männer zurücklassen mussten, in Moskau umherirrten, um irgendwo Hilfe zu suchen. Sie besucht Pasternak, und auch das geschilderte Gespräch bewegt sich zunächst im üblichen Rahmen, bis er, wie sie es darstellt, »die Stirn runzelt« und erklärt, er könne nicht helfen.

In diesem Moment scheint zwischen den beiden etwas zu

zerbrechen. Wir wissen nicht, ob Pasternak vielleicht kurz geschwiegen hat. Zudem fehlen andere Aussagen, die erhellen könnten, was im Raum vorging.

Dann ist da die Frage der Aufrichtigkeit: Dass sie von ihm zu Recht erwartet wurde, wusste Pasternak, aber konnte er sie auch bei den anderen voraussetzen?

Alle wussten um Pasternaks Naivität. Trotzdem kann ihm nicht entgangen sein, dass der einfachen, unvoreingenommenen, naiven Maria Bogoslowskaja bei diesem Treffen vor allem die Aufrichtigkeit abging.

Möglicherweise ist es ihm aufgefallen, er hat es aber übergangen, weil er dem verbannten Kollegen nicht die Wertschätzung verweigern wollte. Als sie aber auf die Frage »Wissen Sie von meinem Gespräch mit Stalin?« (vielleicht sagte er auch: »Sie wissen ja bestimmt von meinem Gespräch mit Stalin.«) die wirklich hanebüchene Antwort gibt, davon wisse sie nichts, muss sich Pasternak schwer zusammengenommen haben, um nicht zu rufen: »Gute Frau, du hast zweitausend Kilometer zurückgelegt, um mir dieses Ammenmärchen zu erzählen? Wie kannst du nicht von etwas gehört haben, das monatelang das Tagesgespräch von ganz Moskau war? Außerdem, deinem Mann, Bobrow, entgeht doch sonst nichts. Hat er dir nicht davon erzählt?«

Aber nein, Pasternak sagte nichts dergleichen, sondern tat sogar etwas Unglaubliches: Er erzählte der lauteren Maria vom blamabelsten Telefongespräch seines Lebens, und zwar ohne den kritischen Kernpunkt auszulassen. Wollte er nicht Verrat an sich selbst begehen, oder tat er es aus Loyalität gegenüber dem Kollegen? In beiden Fällen wäre seine Integrität intakt geblieben.

Um des besseren Verständnisses willen müssen wir zur dritten Version zurückkehren, die auf der maßgebenden Aussage von Sergej Bobrow selbst beruht.

Diese Aussage machte Bobrow im Gespräch mit dem damals allgegenwärtigen Professor und Literaturkritiker Wiktor Duwakin.

Da sitzen also zwei zusammen, Bobrow und Duwakin, lange nach dem Moskauer Sommer 1934, Mandelstams Verhaftung und Pasternaks Telefongespräch mit Stalin.

Bobrow eröffnet das Gespräch:

»Wissen Sie, dass Borja Pasternak sich einmal geweigert hat, Mandelstam zu unterstützen?«

Gleich der Anfang des Gesprächs bringt ein paar Ungereimtheiten zutage. Die erste ist, dass Bobrow etwas wissen soll, das Duwakin womöglich nicht weiß. Schließlich gehörten beide zu Pasternaks Umfeld, und nirgends ist belegt, dass Bobrow Pasternak näherstand als Duwakin, was eine Erklärung für diese Frage wäre. Weiterhin ist erstaunlich, dass Bobrow nicht nur Bescheid weiß, sondern sich sogar noch auf seine Frau, die einfache, unbeteiligte Maria, als zweite Quelle berufen kann. Wenn das Wissen um Pasternaks Angelegenheiten mit Überlegenheit zu tun hat, dann demonstriert er Duwakin gegenüber die seine.

Duwakins Antwort ist jedoch die größte Überraschung in diesem Dialog. Anders als Pasternak ist Duwakin alles andere als naiv, er weiß genau, wie man Punkte macht. Seine Antwort ist für Bobrow eine kalte Dusche. Nicht nur, dass er bereits Bescheid weiß über das, was Pasternak widerfahren ist, er hat anders als Bobrow, der sich auf seine Frau berufen muss, alles aus erster Hand, von Pasternak selbst.

Dabei lässt es Duwakin nicht bewenden. Er ist nicht wirklich auf Pasternaks Seite, hält sogar einen Fehler seines Kollegen für möglich, doch offenbar ärgert ihn Bobrows Zynismus, weshalb er ihm die Frage stellt: Und du, woher weißt du das alles? (… diesen ganzen Quatsch, dieses Märchen?) Von Pasternak selbst oder von anderen, Schklowski zum Beispiel.

Sergej Bobrow dürfte peinlich berührt gewesen sein. Tatsächlich sind Fragen bzw. Zweifel berechtigt und eindeutige Antworten fast unmöglich. Zuerst und hauptsächlich: Wann hat »das Ereignis« stattgefunden? Vor Bobrows Verbannung? Während er verbannt war? Danach?

Auch die Frage nach dem Warum führt zu möglicherweise schmerzhaften Antworten. Verschiedene sind möglich, eine komplizierter als die andere. Vor allem: Warum spricht Bobrow überhaupt mit Duwakin über diese Sache? Andere Fragen, zum Beispiel, weshalb er seine Frau tatsächlich zu Pasternak schickte, sind nicht weniger sperrig.

Also, wann und warum?

Wahrscheinlich hängen das »Wann« und das »Warum« enger zusammen als in den meisten Fällen. Textfassungen des auf Tonband aufgezeichneten Gesprächs wurden noch im 21. Jahrhundert veröffentlicht, als alle Beteiligten bereits tot waren. Duwakin starb 1988, Sergej Bobrow bereits 1971, also kann sein Gespräch mit Duwakin nur zwischen 1934 und 1971 stattgefunden haben. Siebenunddreißig Jahre sind eine sehr lange Zeit dafür, dass man sich an ein so kurzes Geschehen so genau erinnern will. Innerhalb dieses Zeitraums lag unter anderem das skandinavische Jahr 1958 (*skandinavskiy 1958 god*). Es gab viele, die in diesem fatalen Jahr die Erklärung für alles suchten. Auch für das geheimnisvolle Telefongespräch, obwohl es bereits ein Vierteljahrhundert früher stattgefunden hatte.

Man kann sich gut vorstellen, was sich abspielte, als Maria Pawlowna Bogoslowskaja, Sergej Bobrows Ehefrau, am Verbannungsort ihres Mannes eintraf. Für russische Frauen war es inzwischen zur Gewohnheit geworden, sich an fremden Orten einzufinden, die nun die Wohnorte ihrer Männer waren. Innige Umarmungen, tränenüberströmte Wangen, Momente der Sprachlosigkeit und schließlich die Frage: Was ist los in Moskau?

Eine Antwort war oft schwierig, doch manchmal genügte ein Schulterzucken. Was war los? Was sollte schon los sein? Alles wurde weniger, was schon bei den Telefonanrufen anfing. Von allem anderen gar nicht zu reden. Bekannte und Freunde verschwanden, besser, er fragte nicht nach …

Aber natürlich fragte er, und sie gab Antworten, und irgendwann lief die Unterhaltung. Von den Mandelstams gab es keine Nachricht. Auch von den beiden großen Damen gab es keine Neuigkeiten, ein Getuschel, die eine habe sich erhängen wollen, hat offenbar nicht gestimmt, zum Glück. Welche, fragte er, bei Anna Andrejewna kann ich es mir nicht vorstellen. Ja, ich glaube, es war die andere, Marina Iwanowna. Ganz sicher fragte er auch nach Pasternak, doch ihre Antwort war vage. Wurde noch über das Telefongespräch mit dem großen Führer geredet? Maria Pawlowna zuckte mit den Schultern. Sie war es gewohnt, für ihr Unvermögen, interessante Neuigkeiten aufzuschnappen, getadelt zu werden, aber, o Wunder, seine Reaktion war diesmal anders. »Hör zu!«, sagte er mit einem nachdenklichen Blick. Längeres Schweigen. Dann folgte ein weiteres »Hör zu!«, sein Blick wurde strenger, und mit leiser Stimme begann er ihr etwas auseinanderzusetzen. Also, schau mich nicht so entsetzt an, du kennst Pasternak, wieso gehst du dann nicht übermorgen nach deiner Rückkehr nach Moskau einfach zu ihm … Das machen auch andere Frauen, deren Männer verbannt sind. Wozu, fragst du. Das weißt du doch …

Eigentlich gab es in diesem Augenblick nichts, das sie weniger gewusst hätte. Warum schickte er seine Frau zu Pasternak? Hoffte er wirklich, dieser würde für ihn tun, was er für seinen Freund Mandelstam nicht getan hatte? Und schließlich, glaubte er tatsächlich, Stalin würde auf Pasternak hören?

Aber möglicherweise setzte Bobrow gar keine Erwartungen in diesen Besuch. Dann hätte die Frage nach dem Warum ihr eigenes Zeitgefüge, sie stellte sich von Beginn an immer wieder, regelmäßig wie das Abendgeläut, bis hinein in unsere Tage.

So führt diese aus der Aussage einer einfachen, unbeteiligten Frau erwachsene Komplikation geradewegs zu der Erkenntnis, dass das charakteristische Merkmal der Rätsel des Kommunismus darin bestand, dass sie gerade dort auftraten, wo man es nicht erwartet hätte. Der Sohn, der seinen Vater, die Großmutter, die ihren Enkel, der Minister, der seinen Schneider denunzierte. Vermeintliche Gewissheiten hatten weniger Bestand als zu jeder anderen Zeit. Auch jene, die mit Frauen zu tun hatten.

Was tun, also? Sie einfach über Bord werfen, wenn man sich wie im Fall Pasternak immer weniger auf sie verlassen konnte?

Auf keinen Fall.

10. VERSION

Olga Iwinskaja, die Geliebte. Natürlich im Vorteil. Nebenbuhlerin der Ehefrau Sinaida Pasternak, im Leben, aber mehr noch in den himmlischen Sphären der Kunst. Die Debatte, wer von den beiden das Vorbild für die Figur der »Lara« in *Doktor Shiwago* abgegeben hatte, wurde nun schon so lange in der Öffentlichkeit geführt, dass eine Erwähnung nicht mehr als Zeichen von Kultiviertheit betrachtet wurde, sondern als das Gegenteil.

Ein vertrautes Klischee besagt, dass Konflikte zwischen Ehefrau und Geliebter gewöhnlich zugunsten der Geliebten ausgehen. Im Fall Pasternak war dies nicht einwandfrei nachzuweisen. Man konnte den Eindruck haben, dass der Dichter sich in dieser Frage noch zaudernder verhielt als beim Gespräch mit Stalin.

»Als das Telefon läutete und eine Stimme sagte: ›Genosse Stalin wünscht Sie zu sprechen‹, verschlug es Boris Leonidowitsch den Atem. Für ein solches Gespräch war er in keiner Weise gewappnet. Im Hörer erklang seine Stimme, Stalins Stimme. Der Führer duzte Boris Leonidowitsch grobfamiliär: ›Sag mal, was quatscht man in euren Literatenzirkeln über Mandelstams Verhaftung?‹
Boris Leonidowitsch antwortete seiner Gewohnheit entsprechend, sich nicht sofort konkret zu einem Thema zu äußern, es erst in allgemeinen Überlegungen zu umkreisen: ›Sie wissen, dass gar nichts geredet wird. Was haben wir denn

schon für literarische Zirkel? Wir haben keine, niemand sagt etwas, weil niemand weiß, was er sagen soll, sie fürchten sich.‹ Langes Schweigen im Apparat und dann: ›Meinetwegen. Und jetzt sag mir mal deine eigene Meinung über Mandelstam. Was hältst du von ihm als Dichter?‹
Und nun begann Pasternak in dem ihm eigenen täppischen Eifer zu erklären, dass er und Mandelstam Lyriker vollkommen verschiedener Richtungen seien. ›Natürlich ist Mandelstam ein ganz großer Dichter. Aber ästhetisch gibt es keine Berührungspunkte zwischen ihm und uns. Wir brechen die alte Versform auf, er dagegen gehört zur akademischen Schule.‹ Lange und ausführlich erläuterte er die Unterschiede. Stalin ließ ihn ungerührt reden, unterbrach ihn nicht, machte keine Zwischenbemerkungen, nichts. Dann schwieg Boris Leonidowitsch. Und Stalin sagte spöttisch: ›Sieh an, du bist ja nicht mal imstande, für einen Genossen einzutreten!‹ Und hängte ein.
Boris Leonidowitsch erzählte mir, in diesem Augenblick habe sein Herzschlag ausgesetzt: So demütigend war das Gespräch abgebrochen worden.
Erst jetzt wurde ihm klar, dass er sich nicht wie ein Freund verhalten hatte und dass das Gespräch falsch gelaufen war.«

(Olga Iwinskaja: *Lara. Meine Zeit mit Pasternak.*Hamburg: Hoffmann und Campe 1978)

Benedikt Sarnow fällt auf, dass Stalin in Olga Iwinskajas Bericht Pasternak duzt, und er ist mehr als geneigt, ihr zu glauben. Er hält dieses Detail, das sie als Einzige erwähnt, für bedeutsam. Man kann ein Duzen auf zweierlei Weise interpretieren, als Zeichen der Vertrautheit und als Zeichen der Geringschätzung. Iwinskaja unterstellt dem ungehobelten Tyrannen das zweite Motiv.

Pasternak selbst hat nie davon gesprochen. Womöglich nahm er es in seinem Schockzustand gar nicht richtig wahr, oder er empfand die Kränkung als so schmerzlich, dass er sie lieber verdrängte.

Olga Iwinskaja. Vierzehn Jahre lang war sie die Geliebte von Boris Pasternak. Ihrer eigenen Aussage nach lernten sie sich im Oktober 1946 in den Redaktionsräumen der Zeitung »Nowy Mir« kennen, wo sie als Redakteurin arbeitete. Er kam irgendwelcher Veröffentlichungen wegen, trockenes Zeug. Sie war eine hübsche Blondine des Moskauer Typs, vierunddreißig Jahre alt, schrieb Gedichte. Er ging auf die sechzig zu, war berühmt, aber Stimmungen unterworfen, ein problematischer Charakter. Bis hierher entsprach alles einem bekannten Klischee. Später sah es so aus, als werde alles von einem Sturm durcheinandergewirbelt.

Es fängt bei der Ehefrau des Dichters an. Gewöhnlich betrachtet man sie in einer solchen Konstellation als die Unterlegene. Mit einem gewissen Unbehagen bringen Shiwagos »Erklärer« zur Kenntnis, dass es in der Nebenbuhlerschaft von Olga Iwinskaja und Frau Pasternak nicht so einfach zuging. Erstens entsprach Sinaida Pasternak keineswegs dem Typ Verliererin, im Gegenteil. Viele Leute erinnerten sich an ein denkwürdiges Konzert, bei dem ihr erster Ehemann, der bedeutende Pianist Heinrich Neuhaus, unversehens in Tränen ausgebrochen und mit der Stirn auf die Klaviatur gesunken war, weil er einem späteren Gerücht zufolge eben Kenntnis von Sinaidas Flirt mit Pasternak erhalten hatte.

Auch wenn später oft die Meinung vertreten wurde, in den 20er und 30er Jahren sei den Männern das Weinen noch leichter gefallen, kann man dennoch nicht behaupten, ein eifersuchtsbedingter Tränenausbruch vor dreihundert Zuschauern sei damals jeden Tag vorgekommen.

Schon diese Bach'sche Wucht, wenn man bei einer auf die Tasten gefallenen Stirn davon sprechen kann, war genug, um Sinaida Neuhaus ins Zentrum der romantischen Aufmerksamkeit der Zeit zu rücken. Nachdem man gerade bewegt erfahren hatte, wem die Ehefrau verloren gegangen war, machte es noch tieferen Eindruck, als man bald darauf herausfand, wer sie erobert hatte: Boris Pasternak.

Der Dichter befand sich sogar im Saal, als das dramatische Ereignis stattfand, und das war nicht alles: Der Sieger weinte nicht weniger als der Verlierer.

Boris Pasternak heiratete Sinaida Neuhaus tatsächlich, doch deshalb blieben weitere Überraschungen in seinem erotischen Leben nicht aus. Die schmerzhafteste davon geschah fraglos im Jahr 1949, als auf dem Gipfel seiner Idylle mit Olga Iwinskaja das Gefängnis beide trennte.

Üblicherweise dachte man in solchen Fällen an den männlichen Teil, vor allem, wenn es um eine bedeutende und grundsätzlich verdächtige Persönlichkeit wie Pasternak ging. Doch diesmal war es zur allgemeinen Verwunderung die hübsche Blondine, die in der Zelle landete.

Doch nach dem ersten Schock fiel den Leuten auf, dass diese Entwicklung so überraschend gar nicht war. Auch wenn ihr die Handschellen angelegt wurden, war die Maßnahme doch eindeutig auf ihn gemünzt. Es geschah nicht zum ersten Mal, dass eine schöne Frau den Kopf für einen Mann hinhalten musste.

Auch auf ein anderes, wenngleich etwas subtileres Klischee wurde gerne zurückgegriffen: Dass die schöne Frau dazu benutzt werden sollte, um von Pasternak zu bekommen, was mit Hilfe aller Bobrows, Surkows und Duwakins, der fünf Schwestern S. oder Schdanows jüngster Rede nicht zu holen gewesen war.

Allerdings bestand die Notwendigkeit dafür vielleicht gar

nicht, weil die dunklen Gedanken des Dichters ohnehin bekannt waren. Dann blieb aber noch ein weiterer Grund: Durch die Inhaftierung der Geliebten sollte auf den Menschen Pasternak Druck ausgeübt werden. Das Zwangsmittel der Geiselnahme war so alt wie die Welt. Eine Rolle mochte dabei spielen, dass Olga schwanger von Pasternak war, was ihre Einkerkerung besonders delikat machte.

Darüber hinaus wimmelte es nur so von unerhörten Spekulationen. Ein Haufen von Zweifeln und Vermutungen umgab Olga Iwanskaja. War sie wirklich nur eine flotte Moskauerin oder in Wahrheit eine Agentin der CIA? Womöglich sogar eine Doppelagentin? Oder hatte sie selbst entgegen allem Anschein eine so große Bedeutung, dass man Pasternak dazu benutzte, sie auszuforschen, und nicht umgekehrt?

Das Chaos nahm allmählich überhand. Man verstand nicht mehr, was die Menschen sagten, noch weniger, was sie dachten, und schon gar nicht die Ereignisse selbst. Von dem berühmten Regisseur Meyerhold stammte das Bonmot: Sie verstehen nichts? Wenn Sie etwas verstehen wollen, dann lesen Sie *Macbeth*.

Tatsächlich spielte das Theater eine immer wichtigere Rolle in den Gedanken der Menschen. Theater. Tragödie. Terror. In den meisten europäischen Sprachen klingen die Worte Terror und Theater ähnlich. In den alltäglichen Gesprächen über Pasternak ging es häufig – teils hämisch, teils bewundernd – um seine Übersetzung des *Hamlet*, an der er schon seit Jahren saß.

Hamlet war eine Absage an die Epoche, als Stück wie als Figur. Das Bündnis des Dänenprinzen mit einem Geist unterstrich dies.

Eine Absage, die automatisch die Frage aufwarf, auf welcher Seite die Schuld lag, beim Menschen oder bei der

Epoche. Einfacher war es natürlich, einem oder vielen Menschen die Schuld zu geben, selbst ganzen Völkern, statt der Epoche.

Bei näherer Betrachtung konnte man die Nähe Pasternaks zu Hamlet gerade im Vater-Sohn-Konflikt erkennen. Durch den Geist des Vaters erfuhr Prinz Hamlet die Wahrheit über den Königsmord. Auf dem Verhältnis von Boris Pasternak zum Sowjetstaat lastete ebenfalls ein Mord, der Mord an seinem Kind, mit dem Olga Iwinskaja schwanger war, als sie ins Gefängnis kam. Dort die Ermordung des Vaters, hier die Ermordung des Kindes, die Dramen glichen sich, doch mehr als für Hamlet interessierte sich die Pasternakforschung für ein anderes Stück: Goethes *Faust*, ebenfalls von Pasternak übersetzt.

Im *Faust* gibt es ebenfalls eine eingekerkerte Geliebte, Gretchen, die einen an Iwinskaja erinnerte, aber auch noch etwas viel Dunkleres und Geheimnisvolleres: den Pakt mit dem Teufel. Immer, wenn in der kommunistischen Welt ein Schriftsteller bedeutend genannt wurde, dachte man, ohne es auszusprechen, an diesen Pakt.

Im russischen Alltag fand man dafür eine eigene Lösung, fern jeder Ontologie. Am Ende des vierzehnjährigen Abenteuers voller dramatischer Wendungen (Iwinskaja wurde einmal sogar gemeinsam mit ihrer Tochter inhaftiert) fanden die beiden in nebeneinanderliegenden Gräbern in Peredelkino ihre letzte Ruhe.

Dort liegen sie noch heute, da diese Zeilen geschrieben werden.

11. VERSION

Unsere Hoffnung auf eine weitgehend unparteiische Darstellung verbindet sich mit der Aussage eines tatsächlich unbeteiligten Zeugen, nämlich des namhaften britischen Philosophen, Historikers und Diplomaten Isaiah Berlin. Eine mit einer Russin schlaflos verbrachte Nacht scheint ausgereicht zu haben, um Isaiah Berlins Lebensgeschichte zweizuteilen: in eine normale britische und eine ungewöhnliche russisch-sowjetische Hälfte.

Wem dies etwas übertrieben vorkommt, sollte sich den Namen der Frau vergegenwärtigen: Anna Andrejewna Gorenko, besser bekannt als Anna Achmatowa.

Diese im Gespräch schlaflos verbrachte Nacht hat im November 1945 stattgefunden, in einer gleichermaßen russischen wie sowjetischen Stadt, St. Petersburg alias Leningrad, in der Bleibe der berühmten Dichterin. Stalins Worte trafen also in gewisser Weise zu: »Es stellt sich also heraus, dass unsere Nonne ausländische Spione empfängt.«

Anna Gorenkos Leben stellte sich als eine einzige Abfolge von Tragödien dar. Ihr erster Mann Nikolaj Gumiljow, den sie zwanzigjährig geheiratet hatte und von dem sie 1918 geschieden worden war, wurde 1921 als Konterrevolutionär erschossen. Ihr zweiter Mann Nikolaj Punin wurde mehrfach inhaftiert, ebenso wie ihr einziger Sohn Lew Gumiljow. Endlos lange Zeit verbrachte sie mit Warten an Gefängnistoren. Sie war Todesängsten, ständiger Isolierung, Verdächtigungen, Veröffentlichungsverboten und herabsetzenden

Kritiken ausgesetzt, bis 1946 – sie war 57 Jahre alt – ihre öffentliche Desavouierung einen neuen Höhepunkt erreichte, indem der Kulturfunktionär Schdanow sie als »Nonne und Hure zugleich« beschimpfte.

Das war sehr viel für eine Frau, auch eine starke, eine Diva, der es bestimmt war, schon im Voraus die Rechnung für den nachträglichen Weltruhm zu bezahlen, der eine Ehrendoktorwürde der Universität Oxford einschließen sollte. Traumhaft waren in gewisser Weise schon ihre Anfänge: verheiratet mit einem der spektakulärsten russischen Poeten der Zeit, gezeichnet von einem Weltgenie der Kunst, Amedeo Modigliani, in einem Café im Quartier du Montparnasse in Paris. Ob am Ende die weltweite Aufmerksamkeit, all die ihr gewidmeten Bücher, Gedichte, Erinnerungen und Vertonungen ihren Schmerz aufwiegen konnten?

Kehren wir zu Pasternak zurück, zu Mandelstam und zur ohne Schlaf verbrachten Nacht. Viel später äußerte Anna Andrejewna in Oxford Sir Isaiah gegenüber, sie beide hätten ihrer Meinung nach durch die bloße Tatsache ihrer Begegnung den Auftakt zum Kalten Krieg gegeben und damit die Geschichte der Menschheit beeinflusst. Das hört sich zunächst vielleicht ziemlich naiv an, könnte aber trotzdem ein Fünkchen Wahrheit enthalten. Dass jene kalte Nacht womöglich auch eine erotische Seite hatte, wie eilfertig Stalin mutmaßte, ließ sich nie ganz von der Hand weisen. Es gab da eine Verwicklung, eine Fallgrube, eine dunkle Stelle, über die niemand etwas wusste, über die sich aber alle den Kopf zerbrachen. Sie selbst wich stets einer eindeutigen Antwort aus, wenn man sie danach fragte, auch wenn es Verse und Äußerungen von ihr dazu gibt. Der Brite hat mehr gesagt und nie verleugnet, dass er sie nicht vergessen konnte. Er war viel jünger, hat sie um dreißig Jahre überlebt. Als er 1997 starb, wäre Anna Andrejewna einhundertacht Jahre alt gewesen …

Gleich nach der Nacht der Heiligen Anna, die sein Leben veränderte, reiste Isaiah Berlin nach Moskau, um dort Pasternak zu treffen. Wir sind also immer noch im Jahr 1945, und er ahnte, dass er bald aus der Sowjetunion ausgewiesen werden würde. Im Jahr darauf, 1946, kam es dann wirklich dazu.

Das gab ihm Grund, sich stets zu beeilen und nichts zu vergessen. Die Erinnerung an die denkwürdige Nacht mit Achmatowa war etwas eingetrübt durch die Vielfalt der Themen, die sie ins Gespräch einbrachte. Es war bekannt, dass sie gerne mit ihrer unzertrennlichen Freundin Lydia Tschukowskaja, der Tochter von Kornei Tschukowski, im Zug zwischen Moskau und Sankt Petersburg hin- und herreiste und die beiden zum Hämmern der Schienen und zum Pfeifen der Lokomotive gerne die jüngsten Neuigkeiten beschwatzten, von möglichen Besuchen ausländischer Dichterfürsten bis hin zu einer eventuellen französischen Verwicklung in den Selbstmord von Majakowski in Gestalt von Elsa Triolet, der Schwester von Lili Brik. Das Thema Boris Pasternak ließ sich in solchen Gesprächen schwer vermeiden. Dass Isaiah Berlin sich gleich nach dem Abschied von der Heiligen Anna auf den Weg zu ihm machte, deutet darauf hin, dass es in der langen Nacht auch um ihn gegangen ist.

»Ich kann die Geschichte nur so wiedergeben, wie ich sie nach Pasternaks Erzählung 1945 in Erinnerung habe. Seiner Darstellung zufolge war er mit Frau und Sohn und sonst niemandem in seiner Wohnung, als das Telefon läutete; es meldete sich jemand vom Kreml und sagte, Genosse Stalin wünsche ihn zu sprechen.«

Isaiah Berlin hat seine Darstellung mehrfach wiederholt: Dass Pasternak den Anruf für einen albernen Scherz gehalten und aufgelegt habe. Dass es dem Anrufer beim zweiten Versuch gelungen sei, ihn zu überzeugen, dass der Anruf echt war. Nun habe Stalin gefragt, ob er mit Boris Leonidowitsch Pasternak spreche; Pasternak habe gesagt, ja, er sei es wirklich. Dann sei es folgendermaßen weitergegangen:

»Stalin fragte, ob er dabei gewesen sei, als Mandelstam ein Spottgedicht über ihn, Stalin, vorgetragen habe. Pasternak antwortete, es scheine ihm unerheblich, ob er dabei gewesen sei oder nicht, aber er sei überaus glücklich, mit Stalin sprechen zu dürfen; er habe immer gewusst, dass es einmal dazu kommen würde, sie beide müssten sich unbedingt einmal treffen und ihre Gedanken zu einigen höchst wichtigen Dingen austauschen. Stalin fragte, ob Mandelstam ein großer Künstler sei; Pasternak antwortete, als Dichter seien sie sehr verschieden; er bewundere Mandelstams Gedichte, jedoch seien sie seinem eigenen Wesen ziemlich fremd – aber das spiele natürlich gar keine Rolle. Zwar spüre er keine innere Nähe zu ihm, doch darum gehe es überhaupt nicht.
An dieser Stelle seiner Erzählung machte Pasternak wieder einmal eine seiner großartigen metaphysischen Abschweifungen und sprach von den kosmischen Wendepunkten der Geschichte, über die er gern mit Stalin debattieren würde – ihm lag äußerst viel daran –, und ich kann mir gut vorstellen, dass er mit Stalin kaum anders gesprochen hat. Jedenfalls fragte Stalin ihn noch einmal, ob er dabei gewesen sei, als Mandelstam das Spottgedicht vorgetragen habe. Und wieder antwortete Pasternak, viel wichtiger sei es doch, dass sie beide sich einmal treffen müssten, und zwar möglichst bald; nur darauf komme es an, sie müssten unbedingt über die letzten Dinge reden, über Leben und Tod.
›Wenn ich Mandelstams Freund wäre, hätte ich ihn besser verteidigt‹, sagte Stalin und legte auf.

Pasternak versuchte ihn zurückzurufen, kam jedoch, wie kaum anders zu erwarten, nicht bis zum Führer durch. Die Geschichte ließ ihm offenbar keine Ruhe: Bei späteren Begegnungen wiederholte er seine Darstellung nahezu wörtlich noch zwei Mal, und auch anderen Besuchern berichtete er davon, wenn auch allem Anschein nach in leicht abweichenden Versionen.«

(Isaiah Berlin: Begegnungen mit russischen Schriftstellern 1945 und 1956. In: *Persönliche Eindrücke*. Aus dem Englischen von Werner Schmitz. Berlin: Berlin Verlag 2001, S. 330–331.)

Der Brite gibt also an, Pasternak habe ihm mindestens zweimal von dem Telefongespräch berichtet, was darauf hindeutet, dass Unklarheiten geblieben waren.

Tatsächlich kann man mehrere erkennen. Hatte das Telefongespräch überhaupt stattgefunden? Wenn ja, konnte es exakt reproduziert werden? Und schließlich, hat der Brite die Erzählung des russischen Dichters auch richtig verstanden?

Es ging besonders um den zweiten Anlauf zu einem Gespräch, das dann nicht zustande kam. Oder nicht zustande kommen konnte. Genauer, nicht zustande kommen sollte.

Pasternaks etwas verworrene Darstellung trug auch nicht gerade dazu bei, den Nebel aufzulösen.

Hier geht es um den Versuch des Dichters, ein zweites Gespräch zu erreichen. Die kategorische Antwort des Sekretärs schloss die Möglichkeit eines weiteren Telefongesprächs mit Stalin aus.

Das war der entscheidende Punkt.

Pasternak hatte womöglich das Gefühl, seinen Gesprächspartner nicht richtig verstanden zu haben. Vielleicht war seine Konzentration durch ein Gefühl des Ausgeliefertseins beeinträchtigt gewesen.

Seltsam ist, dass Pasternak auch durch ruhiges Rekapitulieren keine größere Klarheit gewann, nachdem der Sekretär aufgelegt hatte. Dessen Worte scheinen gar nicht richtig bei ihm angekommen zu sein.

Er hatte wohl den Eindruck, dass gegen die abgegriffenen Floskeln, mit denen man ihn vermutlich abwimmeln würde, nicht anzukommen war: Dem Genossen Stalin tut es leid, aber er hat sehr viel zu tun! Oder: Stören Sie den Genossen Stalin bitte nicht mehr! Oder, noch schlimmer: Es gibt nichts mehr zu sagen! Oder, der Gipfel der Zurückweisung: Genosse Stalin will nicht mit Ihnen reden!

Auch wenn der Sekretär nichts davon direkt ausgesprochen hatte, in seinen Worten mitgeschwungen war es allemal.

Manchmal ärgerte er sich über sich selbst. Wer war er denn, dass er sich Sorgen machen musste? Er war schließlich ein berühmter Schriftsteller, und was in irgendeinem Kopf in Moskau oder sogar im Kreml vorging, brauchte ihn nicht zu interessieren. Er selbst war Teil der Mysterien dieser Welt, und wenn man diese für so wichtig hielt, dann sollten sie gefälligst selbst ihre Gehirne anstrengen.

Das bereits angesprochene Gerücht, Anna Achmatowa habe einen Teil ihrer Gedichte geschrieben, als sie tot war, erfreute sich gerade wieder großer Beliebtheit.

Als Pasternak zum ersten Mal davon hörte, hielt er es für die Verbildlichung eines Gefühls, die gut zu ihr passte. Später entdeckte er immer mehr Logik darin, vor allem, wenn man dem Anspruch des sozialistischen Realismus, stets helles Licht zu verbreiten, mit den düsteren Tönen der Décadence konfrontierte.

Diese strahlende Perspektive wurde nicht nur auf endlosen Sitzungen und Vollversammlungen proklamiert, sondern an allen Ecken und Enden. Die Leute meinten allmählich zu begreifen, wie bedauernswert der Mangel an Licht in der Kunst war, und konnten sich demgemäß gut vorstellen, auf wie viel Anteilnahme Homer einst bei den vorbeikommenden Damen gestoßen war, wenn er an einer Straßenecke seine Lieder vorgetragen hatte. Wie schön dieser Rhapsode singt! Schade nur, dass er nichts sieht. Welche Wunder könnte er bewirken, wenn seine Augen intakt wären.

Es brauchte womöglich Jahrhunderte, bis man sich seine spöttische Antwort vorstellen konnte: Warum bejammert ihr, was für mich die größte Gabe der Götter ist? Gut, dass ich euch nicht sehen muss, euer Anblick würde mir wahrscheinlich Ekel bereiten.

Die ganze Zeit hatte man nicht gewusst, ob seine Blindheit nun Strafe oder Privileg gewesen war. Man sprach nicht darüber, so wie man das menschliche Wesen, das ihm am nächsten stand, niemals der Erwähnung würdig befand: die Gattin des Dichters, Frau Homer. Dabei hat sie dem Großfürsten der Kunst seine titanische Arbeit fraglos leichter gemacht. Und wäre dem Meister keine Zeit geblieben, sein zweites Epos, die *Odyssee*, zu schreiben, sie hätte es bestimmt für ihn getan.

Welche ihrer Gedichte hatte Anna Andrejewna verfasst, als sie bereits unter den Toten weilte? Und warum hörte sie nicht auf, davon zu reden?

Erlag sie den Lockungen der »absichtlichen Verdunkelung«, wie es anklägerisch auf den Plenarversammlungen genannt wurde? Offenbar lag der Grund tiefer. Eine Drohung schwebte in der Luft. Im Gorki-Institut glaubten nicht nur die Studenten des ersten Jahrs, dass Scholochow sich mit seiner optimistischen Sichtweise keinen Gefallen tat. Angeblich hatte er sogar versucht, etwas dagegen zu unternehmen, zum Beispiel, indem er die falsche Brille trug, um seinem Sehvermögen Schaden zuzufügen.

Die Leute schüttelten mit Recht den Kopf. Da war dieses unendlich weite, strahlend helle sowjetische Vaterland voller Transparente und Plakate, Pioniere und Kundgebungen. Und trotzdem hausten überall Rätsel, vor allem dort, wo man es am wenigsten erwartete.

Was waren das für Augen, denen die Sehkraft genommen werden musste? Was für Telefone, die nur einmal im Leben klingelten. Was für dreiäugige Scholochows … Und dann auch noch diese Annas, die schrieben, während sie tot waren?

Was ging da vor? Musste man dem nicht ein Ende setzen? Brauchte man nicht noch eine andere Erklärung?

Selbstverständlich.

12. VERSION

Was ging da vor?

»Der Tyrann war amüsiert …«

Diese Worte stammen von Wladimir Solowjow, zeitgenössischer Publizist, Autor des Buches *Der Geist, der sich in die Ellenbogen biss*, seit langem im Verdacht stehend, ein Agent des KGB zu sein, was er 1992 selbst auch zugab.

Eine perfidere Bemerkung ist kaum möglich. In ihr verbindet sich der pure Neid auf die Künstler mit der morbiden Bewunderung für die Tyrannen, die sie unterdrücken. Und hinter allem verbirgt sich der Herzenswunsch, der Tyrann habe sich tatsächlich amüsiert.

Armselig, ekelhaft ist die Bemerkung, weil sie aus dem Material der Herrschaft geformt wurde.

Der Tyrann und der Dichter – so unterschiedlich die Vorstellung oder Erzählung von ihnen sein mag, beide sind Herrscher. Das Wort hat ein Odium von Unterdrückung, Gewalt, Thronraub. Doch die menschliche Sprache vermag ihm auch einen freundlicheren Beiklang zu verleihen. Gewaltmenschen können den Titel Herrscherin oder Herrscher tragen, aber auch ein Genie der Kunst oder eine attraktive Blondine.

So betrachtet, bedarf es einer Präzisierung. Was soll das heißen, der Tyrann war amüsiert? Amüsierte sich der Tyrann über den Dichter? Oder noch genauer gefragt: Konnte er es sich überhaupt leisten, amüsiert zu sein? War er dominant genug? Konnte er den Dichter entmachten? Umgekehrt stellen sich die gleichen Fragen für den Dichter in seinem Verhältnis zum Tyrannen.

Es geht hier im Kern um Gegensätze: Aufstieg und Fall, Thronerhebung und Machtverlust. Beides gehört zusammen und auch wieder nicht. So können sich zwei oder drei Dichter den Thron teilen, bei Tyrannen ist es schwer vorstellbar. Auch konnte in der Kunst ein Thron jahrhundertelang vakant bleiben, was in der Tyrannei absolut unmöglich ist. Und was den Machtverlust angeht, so kann es um einen König in Sekunden geschehen sein, ein Dolchstoß oder ein Tropfen Gift genügen, während bei Dichtern oft tausend Jahre nicht genug waren, um sie vom Thron zu entfernen.

Je fruchtloser der Vergleich erschien, desto quälender fühlte es sich an. Er war tückisch, doppelgesichtig, gefährlich, aber vermutlich gerade deshalb besonders einladend.

Um zum Telefongespräch mit Stalin zurückzukehren: Pasternak mochte gehofft haben, das schrille Klingeln des Telefons werde allmählich ersterben, doch stattdessen wurde es immer quälender.

Er nahm sich vor, nicht mehr daran zu denken. Warum, zum Teufel, sollte gerade er versuchen, es im Detail zu rekonstruieren? Sollten es doch die anderen tun. Und dann die vagen Andeutungen des Sekretärs. Natürlich, gewisse Unbestimmtheiten hatte es gegeben, aber man musste ihnen vielleicht nicht zu viel Bedeutung zumessen, schließlich hatte er mit einem Sekretär gesprochen, nicht mit Platon. Und wenn auf Stalins Seite tatsächlich eine gewisse Mäßigung erfolgt war, was ging ihn das an?

Das versuchte er sich einzureden, aber es half nicht lange. Was konnte es schaden, wenn er das Gespräch noch einmal durchging? Schließlich waren es oft die Details, die zu erstaunlichen Erkenntnissen führten. Und nicht zuletzt: Es ging um grundsätzliche Dinge, vor allem um Mandelstams Schicksal.

Es ging um ein wirklich nicht alltägliches Erlebnis. Von einem Moment auf den anderen war die Leitung plötzlich tot. Oder vielmehr, auf der anderen Seite wurde nicht abgehoben. Aber beide Gesprächspartner waren noch am Leben. Pasternak sowieso, Stalin leider auch. Umgekommen war der dritte Beteiligte, das Telefon.

Pasternak griff danach, ohne in diesem Moment genau zu wissen, ob er normal den Hörer abnehmen oder den Apparat mit der Faust traktieren wollte. Seine Hand blieb in der Luft hängen, weil das Telefon im gleichen Augenblick ein blechernes Klingeln von sich gab.

Er hob ab und vernahm die Stimme des Sekretärs aus dem Kreml.

»Ja bitte«, sagte Pasternak in eine kühl abweisende Bemerkung des anderen hinein.

Ob danach ein zweites, entbehrliches »Ja bitte« gekommen war, wusste er nicht mehr ganz genau, wohl aber, dass er in der Folge ein paar wenige, noch überflüssigere Worte gestammelt hatte.

»Missverständnis« hatte wohl dazugehört, wie er sich zu erinnern glaubte, bevor er seine Bitte vorbrachte, noch einmal mit Stalin sprechen zu dürfen.

Die Antwort der anderen Seite fiel ebenso knapp aus. Nein, Genosse Stalin kann auf keinen Fall ... Genosse Stalin ist nicht ... Genosse Stalin hat keine ... Genosse Stalin, ein andermal vielleicht ...

Genosse Stalin wollte einfach nicht.

Es war all dies oder vielleicht auch nichts davon.

Natürlich nichts davon ... Obwohl Pasternak ganz kurz etwas Erstaunliches zu vernehmen geglaubt hatte.

Etwas mehr als Erstaunliches, so unglaublich, dass er jedes

Mal, wenn er darüber nachdachte, den Argwohn hegte, sein Gehirn spiele ihm einen Streich.

Erschöpft ging er das Gespräch ein weiteres Mal durch, um am Ende, nicht ohne Bedauern, zu akzeptieren, dass alles wahr gewesen war.

Es ging um eine versöhnliche Äußerung, die allerdings ganz und gar unaufrichtig wirkte, weil sie nichts an der schroffen Ablehnung der Bitte des Dichters um eine klärende Aussprache änderte und jede Hoffnung darauf illusorisch erscheinen ließ.

Nein, Genosse Stalin wird nicht … Niemals …

Nach Aussage des Sekretärs war der Anschluss nur für dieses eine einzige Gespräch geschaltet worden. Mit seiner Beendigung hatte er auf rätselhafte Weise zu existieren aufgehört.

Etwas Eigenartigeres hatte er noch nie gehört.

Natürlich würde man fragen, wie es geschehen konnte, dass ein Telefonanschluss plötzlich verlorenging. Lag es an den Drähten oder an etwas anderem, dem Verstand nicht Zugänglichen? Immerhin war der Anruf aus der Zone des Todes gekommen, aus jenem trostlosen Raum, von dem er etwas mehr zu wissen geglaubt hatte als die anderen.

Ja, im Kern war es so. Aus den allertiefsten Tiefen. Von dort, wo die Dinge so kompliziert waren, dass man sie noch nicht in Begriffe fassen konnte. So schwierig wie dieser missglückte Wortwechsel zwischen ihm, dem Dichter, und dem Herrscher.

Auch wenn er bereits etwas geahnt hatte, so gnadenlos war es ihm noch nie bewusst geworden, und zwar durch ein durch und durch banales, von Millionen von Menschen täglich benutztes Instrument, auf dem nun auf einmal ein riesiges Geheimnis lag.

Wie bei wichtigen Gerüchten üblich, würde wahrscheinlich bald ganz Moskau davon wissen: Pasternak wollte mit dem großen Führer telefonieren, doch das Leben selbst hat ihn daran gehindert.

Da die Menschen die ewigen Spekulationen satthatten, waren sie wahrscheinlich zu glauben bereit, es sei ein Telefon erfunden worden, das sich nach dem ersten Anruf in Luft auflöste. Es wäre gewiss nicht die erste Merkwürdigkeit gewesen.

Aus der Historie ist nicht allzu viel über das Verhältnis von Dichtern und Tyrannen überliefert. Oft wurde das wahre Geschehen durch aufgebauschte oder frei erfundene Geschichten überlagert, die leicht eingängig waren, aber auch schnell wieder vergessen wurden.

Rom behauste zwei Narren
Als Nero und Seneca bekannt.

Der geniale Dramatiker verbrachte einen beträchtlichen Teil seines Lebens am Hof des Kaisers. Ihre Beziehung endete in einem Sterberitual (»doke deket« hätte man früher in Albanien gesagt), das als »römischer Tod« bekannt ist.

Ganz Rom redete von den beiden, ohne dass man genau wusste, wer hier wen zu unterhalten hatte. Naheliegenderweise hielt man den Kaiser für den Unterhaltenen, zumal in der Schlussszene zu sehen war, wie Seneca, in der Badewanne sitzend, sich auf Befehl des Herrschers die Pulsadern öffnete.

Während also der bedeutendste Dichter Roms dabei war, sich in einer Wanne mit warmem Wasser durch die sorgsame Durchtrennung der Adern das Sterben leichter zu machen, nahm nicht weit davon entfernt der römische Gewaltherrscher Berichte über den Verlauf des Rituals entgegen. Man darf annehmen, dass Chronisten und Spione ständig zwischen beiden hin und her liefen, um den neuesten Stand der Dinge zu vermelden: Wie warm war das Wasser, wie rasch ging der Selbstmörder zu Werke, hatte er noch Hoffnung auf eine Begnadigung?

Rom brodelte währenddessen von Neuigkeiten und Gerüchten. Interessanterweise ist nicht überliefert, dass man den Dramatiker groß bedauert hätte. Es herrschte wohl der Eindruck vor, man habe es mit zwei Krähen zu tun, die einander die Augen aushackten.

Nicht erst seit gestern lästerten die Leute über Seneca. Nicht nur, dass er das Leben im Palast in vollen Zügen genoss, er hatte auch noch eine Affäre mit der Mutter des Tyrannen angefangen, die zugleich die Tante des künftigen Herrschers war. Nero wusste ziemlich sicher davon, doch das war nicht der Grund für seinen »kaiserlichen Zorn«. Seine Mutter hatte er bereits vorher ermorden lassen, und zwar keineswegs aus dem genannten Grund; diese Geschichte war für beide abgeschlossen. Dafür, dass Seneca bei ihm in Ungnade gefallen war, gab es, wie bei Tyrannen durchaus üblich, keinen wirklich wichtigen Grund. Dies führt uns zu dem Schluss, dass das Gedächtnis der Menschheit auch dort, wo es auf Häme verzichtete, nicht gerade sanft mit großen Dichtern umgegangen ist.

Das Klischee, dass sie keines Schutzes bedürfen, trat hier in seiner krassesten Form in Erscheinung. Und beide Parteien, die Menschheit und die Dichter, waren sich des Sachverhalts bewusst.

»In Russland leben zwei Zaren«, dieser Ausspruch, der sich auf den Zaren und Leo Tolstoi, des Landes berühmtesten Dichter, bezog, schien zwar auf die höheren Bereiche gemünzt, die Dichter, den Himmel, die Könige, schaffte es aber über Ländergrenzen und Epochen hinaus ohne Schwierigkeit in den alltäglichen Gebrauch. Schwerer zu sagen war, wie er jeweils aufgenommen wurde.

Es gab zwei Gruppen. Die erste bildete die große Schar der Leser, Literaturinteressierten und Buchliebhaber. Die zweite bildeten die Kontrahenten selbst, der Schriftsteller und der König. Über die zweite Gruppe lässt sich auf jeden Fall sagen, dass ihren Angehörigen die Popularität eher ärgerlich als schmeichelhaft erschien, was für den Schriftsteller natürlich mehr gilt als für den König.

Die Heerschar der Leser entschied sich aller Wahrscheinlichkeit nach für den Schriftsteller und gegen den König, was auf den seit Jahrhunderten bekannten Reiz des Paradoxen zurückzuführen sein dürfte.

Es konnte in Russland keine zwei Zaren geben, so wenig wie zwei Sonnen oder zwei Erdenmonde. Trotzdem war das Wunder eingetreten, dass der einmalige Zar von einem Menschen gedoppelt wurde, der über keinerlei königliche Insignien verfügte, weder Krone, Zepter noch Thron.

Das größere Interesse galt daher dem Rivalen.

Vom damaligen russischen Zaren, einem Romanow, sind keine Aussagen darüber bekannt, wie er sich im Verhältnis zu Tolstoi selbst einschätzte (»In Russland leben zwei Tolstois« o. ä.).

Dieser wiederum hat zu seinem Nachteil und unserem Leidwesen aus seiner Abneigung gegen den gekrönten Gegenspieler keinen Hehl gemacht. Seine Wutattacken waren schockierend und des ergrauten russischen Genies unwürdig.

In Russland leben zwei Zaren … Dieser Satz war insofern perfide, als er unter der Voraussetzung, dass es in der russischen wie in allen Monarchien nur einen Herrscher geben konnte, die Legitimität des Amtsinhabers zugunsten des Rivalen in Frage stellte.

Ein gegen den Dichter gerichteten Unterton ist nicht zu entdecken: »In Russland lebt ein Zar, einen anderen braucht es nicht.« In seinen unendlich vielen Wiederholungen reproduziert der Spruch ausschließlich Bewunderung für das literarische Genie: »Den richtigen Zaren zu haben, glaubten wir allenfalls, als wir den wahren noch nicht kannten.«

Die einzige Einschränkung wäre ein »Na ja«, wie man es bei spektakulären Wetten gelegentlich von Anhängern der siegreichen Partei hört: »Na ja, ein wenig bescheidener hätte der Triumphator schon auftreten können.«

Mit der Zeit hat der Wunsch nach einer Harmonisierung der ganzen Geschichte wohl zu der Frage geführt: Ist es überhaupt vorstellbar, dass der große Tolstoi so maßlos gewütet hat?

Die Antwort darauf dürfte irgendwo in der Mitte zwischen »Auf keinen Fall!« und »Auf jeden Fall!« liegen.

Lew Tolstoi war kein unnahbarer Mensch. Seine auf dem Landgut Jasnaja Poljana geführten Gespräche, die oft delikater Natur waren wie die mit Tschechow und Gorki, hatten ein breites Echo. Die Beschäftigung damit reicht, um modrige Rätsel zu vertreiben.

Schon ein kurzer Blick darauf zeigt, dass Tolstoi eigentlich gar nicht vom russischen Regenten spricht und außerdem zu den wenigen Menschen gehört, denen der berühmte Spruch vom doppelten Zaren gänzlich unbekannt ist.

Tatsächlich ist von einem Herrscher der Literatur die Rede, doch ist er weder Zar noch überhaupt Russe. Es geht um einen Engländer, William Shakespeare, der bei Lew Tolstoi offenbar nicht hoch im Kurs steht.

Ist das ein Missverständnis? Nein, keineswegs, wir sprechen von diesem einen Shakespeare, dem Verfasser von *Hamlet* und *Macbeth*, zwei in Tolstois Augen kümmerlichen Büchlein eines inkompetenten Stückeschreibers.

Man staunt über die beispiellose Überheblichkeit des Zweit-Zaren gegenüber dem Schriftsteller-Zaren.

Shakespeare muss vom Sockel gestürzt werden.

Er ist nicht groß, o nein, er ist weniger als gewöhnlich.

Eifersucht ist nicht unbekannt in der Gilde der Genies, doch dieses Beispiel sucht seinesgleichen.

Eine Aufwallung von Wut? Eine Störung des geistigen Gleichgewichts? Gar ein Totalverlust des Urteilsvermögens?

Nein. Es gibt tausend Äußerungen dieser Art, endlose Gespräche mit seriösen Menschen: Es ist an Russland, Shakespeare vom Thron zu stoßen! Er muss weg, und nicht nur in Russland, sondern in der ganzen Welt. England, das ihn hervorgebracht hat, eingeschlossen.

13. VERSION
in Form eines Epilogs

Es gibt wohl kein Telefonat, über das so viel gesprochen und geschrieben wurde. Man hat den Text wieder und wieder auseinandergenommen und unterschiedlichst interpretiert. Dabei sind die vorliegenden Zeugnisse so wenig belastbar, dass Zweifel entstanden, ob das Gespräch überhaupt je stattgefunden hat.

Doch, es hat stattgefunden, und zwar am Samstag, den 23. Juni 1934. Exakt festgehalten sind auch die Namen der beiden Dialogpartner: Josef Stalin, der oberste Chef eines der furchterregendsten Staaten der Zeit, und Boris Pasternak, ein berühmter, in den Augen dieses Staates und seines Führers aber unerwünschter Schriftsteller.

Den Unterlagen im Archiv zufolge dauerte das Gespräch zwischen drei und vier Minuten. In allen Niederschriften ist klar zu unterscheiden, wer was sagte. Gleich den ersten Worten lässt sich entnehmen, wo die Gesprächspartner sich aufhalten. Zum einen ist das der Kreml, zum anderen die Moskauer Gemeinschaftswohnung des Schriftstellers.

Auf den ersten Blick ist an diesem Zwiegespräch nichts dunkel und schon gar nicht geheimnisvoll. Der eine, Stalin, stellt dem anderen, Pasternak, Fragen über einen dritten Schriftsteller, dessen Namen wegen seiner Verhaftung gerade in aller Munde ist: Ossip Mandelstam.

Pasternak gibt eine Antwort, die den Chef nicht zufriedenstellt, so dass er das Gespräch beendet.

Kompliziert wird die ganze Sache, als sie in eine andere

Dimension übergeht, die man als »Zone des Todes« bezeichnen könnte. Erst jetzt wird das Geschehen unverständlich, hüllt sich in den Nebel, in dem es jahrzehntelang verbleiben wird. Da es gleichzeitig in zwei unvereinbaren Bereichen heimisch ist, quält uns seine Unmöglichkeit. Es ist eine Alarmglocke für alles, das auf das menschliche Gewissen drückt. Ossip Mandelstam war nie einsam, und er wird es auch im Abstand der Jahre nicht sein. Hierin besteht wohl das, was wir – um das große Wort »Unsterblichkeit« zu vermeiden – bei Mandelstam und allen, die so sind wie er, als ihre »Endlosigkeit« bezeichnen wollen.

November 2018

ANHANG

ANMERKUNGEN
von Joachim Röhm

S. 8 Das Buch beginnt mit einer Beschreibung des Fußwegs von der Haltestelle am Puschkinplatz in der Nähe des Moskauer Kremls zum 1933 gegründeten Maxim-Gorki-Literaturinstitut am Twerskoj-Boulevard, an dem der Autor von 1958 bis 1960 studierte. Die Twerskaja-Straße, die er dabei überqueren musste, hieß von 1932 bis 1990 Gorkistraße, was den Gebrauch dieses Namens im Buch erklärt. – Trolleybusse sind von Elektromotoren angetriebene Busse, die den Fahrstrom wie Straßenbahnen über Stromabnehmer von Oberleitungen beziehen. Bei den Moskauer Verkehrsbetrieben waren sie von 1933 bis 2020 im Einsatz. – Maxim Gorki (1868–1936), der aus ärmlichen Verhältnissen stammte, wurde in der Zeit der Wende zum 20. Jahrhundert mit sozialkritischen Werken wie dem Theaterstück *Nachtasyl* oder dem Roman *Die Mutter* weit über Russlands Grenzen hinaus berühmt. Er unterstützte die Oktoberrevolution, hatte jedoch ein ambivalentes Verhältnis zur Sowjetmacht. 1934 wurde er Vorsitzender des sowjetischen Schriftstellerverbands. – Alexander Sergejewitsch Puschkin, geboren am 6. Juni 1799, war der bedeutendste russische Dichter der Romantik. Sein bekanntestes Werk ist der Versroman *Eugen Onegin*. Er gilt als ein Begründer der modernen russischen Literatur. Puschkin starb am 29. Januar 1837 nach einem Duell in Sankt Petersburg.

Exegi monumentum

Ein Denkmal schuf ich mir, kein menschenhanderzeugtes,
Des Volkes Pfad zu ihm wird nie verwachsen sein,
Und höher ragt sein Haupt empor, sein nie gebeugtes,
Als Alexanders Mal aus Stein.

Nein, gänzlich sterb' ich nicht: die Seele lebt im Liede
Noch fort, wenn ihr den Staub dem Staube übergebt,
Und preisen wird man mich, solange noch hienieden
Auch nur ein einz'ger Dichter lebt.

Mein Ruf dringt bis ans End' der russischen Gefilde
Und hallt von jedem Stamm, der sie bewohnt, zurück:
Mich nennt der Slawe stolz und auch der heut noch wilde
Tunguse, Finne und Kalmück.

Und lange wird vom Volk mir Liebe noch erwiesen,
Weil mein Gesang erweckt Gefühle echt und tief,
Weil ich in grauser Zeit die Freiheit kühn gepriesen
Und Gnade für Gestürzte rief.

Gehorsam, Muse, sei dem göttlichen Befehle,
Die Kränkung fürchte nicht, verlange keinen Kranz,
Lob und Verleumdung trag mit ungerührter Seele
Und rechte nicht mit Ignoranz.

Aus dem Russischen von Rolf-Dieter Keil

Der Moskauroman, in dem Ismail Kadare die Erfahrungen seiner Studienzeit in Moskau verarbeitete, ist unter dem Titel *Die Dämmerung der Steppengötter* auch in deutscher Sprache erschienen.

S. 10 *Petros Antaios* (1920–2002), eigentlich Stavros Giannakopoulos, war ein griechischer Widerstandskämpfer gegen die nationalsozialistische Besetzung und Politiker der linken Volksfront, Schriftsteller und Übersetzer. – Jeronims Stulpans (1931–1981), lettischer Schriftsteller, Publizist und Übersetzer, starb durch Suizid.

S. 10 *Josef Wissarionowitsch Stalin* (1878–1953), eigentlich Iosseb Bessarionis dse Dschughaschwili, war als Lenins Nachfolger von 1927 bis 1953 diktatorischer Herrscher über die Sowjetunion. Stalins autoritäre Herrschaftsweise führte zu Millionen von Todesopfern durch Hunger, Deportationen und politische Säuberungen, seine Regierungszeit war eine Periode der Angst, Unsicherheit und Gewalt.

S. 10 *Enver Hoxha* (1908–1985), albanischer kommunistischer Politiker und Stalinanhänger, der von 1944 bis zu seinem Tod im Jahr 1985 als Diktator über Albanien herrschte. Während dieser Zeit war Albanien ein nach innen gewalttätig regiertes und nach außen abgeschottetes Land. Der Sturz des Hoxha-Denkmals auf dem zentralen Platz Tiranas am 20.2.1991 leitete das Ende der kommunistischen Herrschaft in Albanien ein.

S. 10 Die literarische Wochenzeitung DRITA war im sozialistischen Albanien das Organ des Schriftsteller- und Künstlerverbands.

S. 10 *Haxhi Kroi* war ein enger Vertrauter Hoxhas und sein Sekretär.

S. 11 *Boris Leonidowitsch Pasternak* (1890–1960), russischer Lyriker, Erzähler und Übersetzer, erhielt 1958 für seinen Roman *Doktor Shiwago* den Nobelpreis, den er aber auf Druck des Sowjetstaats ablehnen musste.

S. 11 *Ossip Emiljewitsch Mandelstam* (1891–1938), einer der bedeutendsten Lyriker des russischen Modernismus. 1934 verhaftet und verbannt. 1938 erneut verhaftet und im Gulag ums Leben gekommen.

S. 11 *Lasgush Poradeci* (1899–1987), eigentlich Llazar Sotir Gusho, war der bedeutendste albanische Lyriker des 20. Jahrhunderts. Er lebte und studierte ab 1924 zehn Jahre lang in Graz. Während der kommunistischen Herrschaft lebte er zurückgezogen im inneren Exil.

S. 11 *Dhimitër Pasko* (1907–1967), bekannt unter dem Pseudonym Mitrush Kuteli, war ein albanischer Schriftsteller, der unter dem kommunistischen Regime verfolgt und mit Veröffentlichungsverbot belegt wurde.

S. 11 *Petro Marko* (1913–1991), albanischer republikanischer Veteran des spanischen Bürgerkriegs und Schriftsteller. Fiel bei Enver Hoxhas Regime in Ungnade, war zeitweise inhaftiert und durfte lange Zeit nicht veröffentlichen.

S.11 *Dritëro Agolli* (1931–2017) war ein bekannter albanischer Lyriker und Romancier. Von 1973 und bis zum Sturz des kommunistischen Regimes 1992 war Agolli Vorsitzender des albanischen Schriftstellerverbands.

S. 11 *Parashqevi Qiriazi* (1880–1970) war eine bedeutende albanische Pädagogin und Frauenrechtlerin. Unter dem kommunistischen Regime wurde sie verfolgt.

S. 11 *Fatos Arapi* (1930–2018) war ein albanischer Lyriker und Literaturwissenschaftler.

S. 12 *Genossin Nexhmije* ist Nexhmije Hoxha geb. Xhuglini (1921–2020), die Ehefrau des Diktators Enver Hoxha, Chefin des Instituts für marxistisch-leninistische Studien, der ideologischen Schmiedewerkstatt der kommunistischen Partei der Arbeit Albaniens, und einflussreiche graue Eminenz im Kulturleben des Landes.

S. 12 *Peredelkino* ist eine 1934 auf Initiative von Maxim Gorki gegründete Schriftstellerkolonie rund 20 km von Moskau entfernt. Es gab dort etwa 100 Datschen, die sich im Besitz des sowjetischen Schriftstellerverbands befanden und an verdienstvolle Autoren vergeben wurden.

S. 13 Die Bergarbeiter des Steinkohlebergwerks *Memaliaj* nahe der südalbanischen Stadt Tepelena, dem Herkunftsort des berühmt-berüchtigten Ali Pascha Tepelena, wurden von der kommunistischen Regierung gerne als Prototyp des klassenbewussten Proletariers propagiert.

S. 13 *Sterjo Spasse* (1914–1989) war nach Thematik und Stil einer der typischen Vertreter des sozialistischen Realismus in der albanischen Literatur des zwanzigsten Jahrhunderts.

S. 13 *Kornej Iwanowitsch Tschukowski* (1882–1969) war ein (sowjet-)russischer Dichter, Literaturkritiker, Übersetzer; er wurde besonders bekannt als Autor von Kinderbüchern. Vater von Lidija Tschukowskaja.

S. 15 *Laura Mezini* begegnet uns als Angebetete des jungen Kadare auch in dem Buch *Geboren aus Stein*.

S. 17 *Sinaida Nikolajewna Pasternak*, geborene Jeremejeva, geschiedene Neuhaus (1897–1966), war Boris Pasternaks zweite Ehefrau.

S. 17 Pasternaks weltberühmter Roman *Doktor Shiwago*, der 1957 zuerst im Ausland (bei Feltrinelli in Mailand, 1958 bei S. Fischer) erschien und ihm 1958 den Nobelpreis eintrug, wurde in der Sowjetunion als ideologisch unvereinbar mit der Staatsideologie verboten. Die Kampagne führte schließlich zum Ausschluss Pasternaks aus dem Schriftstellerverband.

S. 19 Lost in translation: Das Spiel mit den Begriffen »beendet« und »vollendet«, bei dem sich Kadare auf Vers 971 aus Aischylos' *Agamemnon* bezieht, lässt sich auf Grundlage diverser deutscher Übersetzungen dieses Werks nicht nachvollziehen. Daher wurde hier Anleihe bei einer englischen Übersetzung genommen: »And so the house receives back its finished king.«

S. 20 *Die großen Paschaliks* ist der ursprüngliche Titel von Ismail Kadares Roman *Der Schandkasten*, der Roman *Die Brücke mit den drei Bögen* hat seinen Namen behalten. Paschaliks waren von einem Pascha regierte große Verwaltungseinheiten des Osmanischen Reichs.

S. 21 *Pashko Vasa* (1825–1892) aus der nordalbanischen Stadt Shkodra, auch bekannt als Waso Pascha, war ein albanischer Dichter und Politiker der »Nationalen Wiedergeburt« im 19. Jahrhundert. Die Liga von Prizren, bei der mitwirkte, strebte ein Loslösung vom, mindestens aber Autonomie im Osmanischen Reich an. Seine Unabhängigkeit erlangte Albanien aber erst 1912.

S. 22 *Olga Wsewolodowna Iwinskaja* (1912–1995) war eine russische Übersetzerin und Schriftstellerin und die langjährige Geliebte von Boris Pasternak. Allgemein wird angenommen, dass sie ihn zur Gestalt der Lara in *Doktor Shiwago* inspirierte.

S. 23 *Ali Pascha Tepelena* (1741–1822) war ein osmanischer Politiker, der als Pascha von Ioannina über den südlichen Teil Albaniens herrschte. Er ist als brutaler Herrscher in die Geschichte eingegangen, wird aber manchmal auch als Symbol des Widerstands gegen die osmanische Vorherrschaft betrachtet. Sein Kopf landete im *Schandkasten* in Stambul.

S. 24 *Eqrem Çabej* (1908–1980) war einer der bedeutendsten Sprachwissenschaftler Albaniens. Die Universität von Gjirokastra trägt heute seinen Namen. Eqrem Çabej lebte, studierte und arbeitete zwischen 1920 und 1944 in Österreich. In Graz begegnete er Lasgush Poradeci.

S. 24 *D. D.* ist Dilaver Dilaveri, ein Literaturtheoretiker und Literaturkritiker des albanischen sozialistischen Realismus.

S. 25 *Wladimir Iljitsch Lenin* (1870–1924) war Führer der Bolschewiki und Architekt der Oktoberrevolution von 1917, die zur Gründung der Sowjetunion führte. Als Vorsitzender des Rats der Volkskommissare war er deren erster Regierungschef.

S. 29 *Irina*, mit vollem Namen Irina Iwanowa Jemeljanowa, (1938) ist die Tochter von Olga Iwinskaja und Schriftstellerin. Sie lebt seit 1985 in Frankreich.

S. 30 *Dalija Epšteinaitė* (1937) ist eine litauische Autorin und Übersetzerin.

S. 31 *Anna Andrejewna Achmatowa* (ursprünglich: Gorenko) (1889–1966) war die bedeutendste russische Lyrikerin des 20. Jahrhunderts und eine enge Freundin Ossip Mandelstams und Boris Pasternaks.

S. 31 *Ernest Koliqi* (1903–1975) war ein albanischer Schriftsteller, Dichter und Publizist. Während der kommunistischen Diktatur in Albanien wurde er geächtet.

S. 36 *Pst* war eine gebräuchliche Abkürzung für den Namen Pasternak.

S. 41 *Nikolai Iwanowitsch Bucharin* (1888–1938), führender sowjetischer Politiker und einer der Theoretiker der Bolschewiki, wurde während der Stalin'schen Säuberungen verhaftet, des Verrats angeklagt und schließlich 1938 hingerichtet.

S. 41 *Nadeschda Jakowlewna Mandelstam* (1899–1980) war eine russische Schriftstellerin und Übersetzerin. Als Ehefrau des Dichters Ossip Mandelstam setzte sie sich nach dem Tod ihres Mannes im Gulag für die Bewahrung seines literarischen Erbes ein. Sie war eine enge Freundin Anna Achmatowas.

S. 41 *Georges Nivat* (1935) ist ein französischer Slawist und Russlandexperte. Er übersetzte u. a. Werke von Alexander Solschenizyn ins Französische.

S. 41 *Anne Nivat* (1969) ist eine französische Autorin und Journalistin, bekannt geworden durch ihre Kriegsberichte. Georges Nivat ist ihr Vater.

S. 43 *Bergmensch im Kreml*: diese Bezeichnung für Josef Stalin stammt aus Ossip Mandelstams berühmten »Epigramm gegen Stalin« von 1933, in der Übersetzung von Ralph Dutli:

Epigramm gegen Stalin

Und wir leben, doch die Füße, sie spüren keinen Grund,
Auf zehn Schritt nicht mehr hörbar, was er spricht, unser Mund,

Doch wenn's reicht für ein Wörtchen, ein kleines –
Jenen Bergmenschen im Kreml, ihn meint es.

Nur zu hören vom Bergmenschen im Kreml, dem Knechter,

Vom Verderber der Seelen und Bauernschlächter.

Seine Finger wie Maden so fett und so grau,
Seine Worte wie Zentnergewichte genau.

Lacht sein Schnauzbart dann – wie Küchenschaben,
Und sein Stiefelschaft glänzt hocherhaben.

Um ihn her – seine Führer, die schmalhalsige Brut,
Mit den Diensten von Halbmenschen spielt er, mit Blut.

Einer pfeift, der miaut, jener jammert,
Doch nur er gibt den Ton – mit dem Hammer.

Und er schmiedet, der Hufschmied, Befehl um Befehl –
In den Leib, in die Stirn, dem ins Auge fidel.

Jede Hinrichtung schmeckt ihm – wie Beeren,
Diesem Breitbrust-Osseten zur Ehren.

Aus: Ossip Mandelstam: Mitternacht in Moskau. Die Moskauer Hefte. Gedichte 1930–1034. Aus dem Russischen übertragen und herausgegeben von Ralph Dutli. Zürich: Ammann Verlag, 2. Auflage 1991, S. 165.

S. 43 Pasternaks Charakterisierung von Stalin ist auf S. 82 von Olga Iwinskajas Autobiographie *Lara. Meine Zeit mit Pasternak* zu finden. Hamburg: Hoffmann und Campe 1978.

S. 45 *Tee oder Kaffee? Katze oder Hund? Pasternak oder Mandelstam?*, so lautete der Lieblingstest der Achmatowa. Die erste Option: »Tee, Hund, Pasternak« zeigte einen zuverlässigen, rustikalen Menschen, geistig ausgeglichen mit einem vorherrschenden Optimismus und geistiger Gesundheit. Mit einem Wort: normal. Zweite Option: »Kaffee, Katze, Mandelstam« – ein raffinierterer Mensch, aber weniger moralisch, mit Anspruch auf Originalität. Kaffee, Katzen und Mandelstam – der St. Petersburger Pol. Tee, Hunde und Pasternak – Moskau.

S. 46 *Nadeschda Konstantinowna Krupskaja* (1869–1939), Lenins Ehefrau, spielte als Volkskommissarin für Bildung eine wichtige Rolle im Kulturleben des Sowjetstaats.

S. 46 *Futuristen, Symbolisten, Akmeisten:* Diese Begriffe bezeichnen die drei Hauptströmungen des russischen Modernismus, der sich etwa von den späten 1890er bis zu den 1920er Jahren erstreckte. Futurismus: Die futuristische Bewegung, angeführt von Künstlern wie Wladimir Majakowski, strebte nach radikaler Erneuerung in Kunst und Literatur. Futuristen betonten Dynamik, Fortschritt und Technologie. Symbolismus: Der Symbolismus war eine der frühen Strömungen des russischen Modernismus. Symbolistische Dichter wie Alexander Blok und Andrei Bely verwendeten metaphorische und symbolische Sprache, um mystische und philosophische Ideen auszudrücken. Akmeismus: Im Gegensatz zur experimentellen Natur des Futurismus betonte der Akmeismus, angeführt von Dichtern wie Anna Achmatowa und Ossip Mandelstam, die Klarheit der Sprache und die Betonung von individuellen Bildern. Dem Akmeismus war nicht an einer revolutionären Änderung der Verstechnik gelegen, eher an einer möglichst ausgewogenen, bewussten und eindeutigen Verwendung der Alltagssprache im dichterischen Bereich. Haupttheoretiker des Akmeismus war Anna Achmatowas erster Ehemann Nikolaj Gumiljow.

S. 46 *Alexander Alexandrowitsch Blok* (1880–1921) war ein bedeutender Dichter der russischen Moderne. Majakowski würdigte ihn als »den vorzüglichsten Meister des Symbolismus«.

S. 47 Die aus Charkiw stammenden fünf *Sinjakowa-Schwestern*: Nadeschda, Ksenia, Vera, Sinaida und Maria – zogen 1913 nach Moskau, wo sie in der Künstlerszene wegen ihres Talents, ihres Charmes und ihrer Schönheit verehrt und als die »fünf Schwestern des Futurismus« berühmt wurden.

S. 47 *Welimir Chlebnikow*: eigentlich Wiktor Wladimirowitsch Chlebnikow (1885–1921), war ein russischer futuristischer Dichter, bekannt für seine Sprachexperimente. Einer der Titel, die er trug, war »Derwisch uruss«.

S. 47 *Georgi Arkadjewitsch Shengeli* (1894–1956) war ein russischer Dichter, Übersetzer, Literaturkritiker und Philologe.

S. 47 *»Für mich ist nur das Schlechte gut«* Vielleicht bezieht sich Kadare hier auf folgendes Zitat aus Olga Iwinskajas Erinnerungen: »Boris sagte, er habe kein Recht auf Liebe. Für ihn könne es im Leben nichts Gutes mehr geben, er habe seine

Pflicht zu erfüllen, und ich dürfe ihn nicht aus seinem festgelegten Lebensrahmen und seiner Arbeit reißen.«

S. 47 Puschkins Herzensdame war *Natalja Nikolajewna Puschkina-Lanskaja* geb. Gontscharowa (1812–1863), seine Ehefrau.

S. 48 Der *erste sowjetische Schriftstellerkongress* im August 1934 bedeutete mit der verordneten Festsetzung des sozialistischen Realismus als verbindlicher künstlerischer Methode einen wesentlichen Schritt bei der Gleichschaltung der Literatur in der Sowjetunion.

S. 48 *Michail Afanassjewitsch Bulgakow* (1891–1940) war ein bedeutender russischer Schriftsteller. Seine Werke zeichnen sich durch eine Mischung aus Satire, Phantasie und tiefgründiger Gesellschaftskritik aus.

S. 48 *Marina Iwanowna Zwetajewa* (1892–1941) war neben Anna Achmatowa die zweite große Dame der russischen Poesie des 20. Jahrhunderts. Sie lebte von 1922 bis 1939 im Exil in Berlin, Prag und Paris. Nach ihrer Rückkehr in die Sowjetunion beging sie 1941 Suizid.

S. 48 *Andrei Platonowitsch Platonow* (1899–1951), eigentlich Andrei Platonowitsch Klimentow, war einer der bedeutendsten Schriftsteller, zu seinen Lebzeiten aber unbekannt. Seine Werke waren zu Sowjetzeiten verboten.

S. 50 *David Samojlow* (1920–1990), eigentlich David Samuilowitsch Kaufman, war ein russischer Lyriker und Übersetzer.

S.50 *Lidija Kornejewna Tschukowskaja* (1907–1996), Tochter von Kornej Tschukowski, war eine im Sowjetsystem verfolgte russische Schriftstellerin und Literaturkritikerin sowie enge Freundin von Anna Achmatowa.

S. 51 *Jewgeni Iwanowitsch Samjatin* (1884–1937) war ein russischer Schriftsteller. Ursprünglich Bolschewik, wurde er von der Realität des Sowjetstaats enttäuscht. Mit Schreibverbot belegt. Autor des dystopischen Romans *Wir*.

S. 52 *Swetlana Iossifowna Allilujewa* (1926–2011), Stalins Tochter, verabschiedete sich 1966 von der Sowjetunion und ließ sich in den USA nieder.

S.52 *Michail Arkadjewitsch Swetlow* (1903–1964) war ein sowjetischer Schriftsteller.

S.52 *Anastas Iwanowitsch Mikojan* (1895–1978) war ein sowjetischer Politiker der Stalin- und Nachstalinära.

S. 55 *Izzy Vishnevetsky* (1948–2010), Ingenieur und Publizist, wanderte 1979 in die USA aus, wo er ein erfolgreicher Geschäftsmann wurde. Die Literatur scheint für ihn eher eine Liebhaberei gewesen zu sein. Seine etwa 15 Seiten lange Schrift *Stalin und Pasternak* ist auf Internetplattformen einsehbar und ergänzt das ihr zugrunde liegende Buch von Benedikt Sarnow um keine wesentlichen Erkenntnisse.

S. 55 *Benedikt Michajlowitsch Sarnow* (1927–2014), Absolvent des Gorki-Instituts, sowjetischer Publizist und Literaturfunktionär, ab 1990 Sekretär des Moskauer Schriftstellerverbands. Sein wichtigstes Werk ist *Stalin und die Schriftsteller* (2009), in dem er auch das Telefongespräch zwischen Stalin und Pasternak behandelt.

S. 56 Die *Lubjanka*, im 19. Jahrhundert als Kaufhaus errichtet, ist seit Sowjetzeiten das berüchtigte Hauptquartier aller russischen Geheimdienste, von Tscheka, GPU, NKWD, KGB bis zum heutigen FSB.

S. 57 *Alexander Nikolajewitsch Poskrjobyschew* (1891–1965) war ZK-Mitglied und von 1935 bis 1952 Stalins persönlicher Sekretär.

S. 57 *Witali Aleksandrowitsch Schentalinski* (1939–2018), Schriftsteller und Publizist, Menschenrechtsaktivist, wurde für seine Dokumentationen über die Schicksale russischer Schriftsteller während der Stalin'schen Säuberungen bekannt.

S. 62 *Galina von Meck* bzw. Galina Nikolajewna fon Mekk (1891–1985), Tschaikowskis Großnichte, verbrachte in der Sowjetunion mehrere Jahre im Gefängnis und in der Verbannung. Nach ihrer Entlassung siedelte sie 1935 nach England über, wo sie ihre Autobiographie veröffentlichte.

S. 62 *Jewgeni Jakowlewitsch Chasin* (1893–1974), Autor von Kinder- und Jugendbüchern.

S. 64 Mit *Bolschewiken* bzw. *Menschewiken* bezeichnete man, kurz gefasst, den revolutionären und den reformistischen Flügel innerhalb der russischen Sozialdemokratischen Arbeiterpartei vor und kurz nach der Oktoberrevolution.

S. 68 *Wiktor Borissowitsch Schklowski* (1893–1984) war ein sowjetrussischer Schriftsteller und Literaturkritiker. Theoretiker des Formalismus.

S. 68 *Sergej Pawlowitsch Bobrow* (1889–1971), futuristischer Dichter und Künstler.

S. 68 *Wiktor Dmitriewitsch Duwakin* (1909–1982), Literaturwissenschaftler, bekannt durch die »Duwakin-Interviews«: Zwischen 1966 und 1982 interviewte er über 300 Persönlichkeiten aus Wissenschaft und Kultur und nahm die Gespräche auf 850 Tonbandkassetten auf. Seine hier wiedergegebenen Gespräche über Pasternak stammen aus diesem Bestand.

S. 70 *Sigmund Freud* verfasste 1928 unter dem Titel »Dostoïevski et le parricide« (»Dostojewskij und die Vatertötung«) das Vorwort zur französischen Ausgabe von Fjodor Dostojewskis Werk *Die Brüder Karamasow*. Freud analysiert darin die psychologischen Aspekte der Vatertötung.

S. 71 *Michail Alexandrowitsch Scholochow* (1905–1984) war ein systemtreuer sowjetischer Schriftsteller und Autor des Romans *Der stille Don*. 1965 wurde ihm der Nobelpreis verliehen.

S. 72 *Fan Stylian Noli* (1882–1965) war ein albanischer Geistlicher, Schriftsteller, Politiker und Komponist. Nach der Vertreibung des Großgrundbesitzers Ahmet Zogu, wurde er 1924 Ministerpräsident einer liberalen Regierung, aber im gleichen Jahr vom mit jugoslawischer Hilfe zurückkehrenden Zogu wieder gestürzt, der sich 1928 zum ersten König von Albanien krönen ließ. Noli kehrte in die USA zurück, wohin er bereits 1906 emigriert war.

S. 73 *Ahmet Zogu* (1895–1961), eigentlich Ahmet Muhtar Bej Zogolli, war ein albanischer Politiker und Staatsmann. Er wurde 1928 zum König Zogu I. von Albanien gekrönt und regierte bis 1939 in autoritärem Stil. Seine Regentschaft endete mit der italienischen Invasion im gleichen Jahr.

S. 75 *Joseph Brodsky* (1940–1996), eigentlich Iossif Alexandrowitsch Brodski, war ein amerikanischer Dichter und Literaturnobelpreisträger russischer Herkunft. Geboren in der Sowjetunion, wurde er wegen seiner als »parasitär« betrachteten Poesie 1964 verhaftet und später ins Exil gezwungen.

S. 77 *Fjodor Sologub* (1863–1927), eigentlich Fjodor Kusmitsch Teternikow, war ein russischer Schriftsteller des sogenannten dekadenten Symbolismus.

S. 77 »Am Abend des 10. Dezember 1932 las Mandelstam in der Redaktion der Literarischen Zeitung im Herzen-Haus das Gedicht ›Nein, vor dem großen Sturm kann ich mich nicht verstecken …‹ Der Dichter Semjon Kirsanow reagierte empört: ›Er hat unser Moskau eine Schlampe genannt!‹ Der derbe Satz, der Kirsanow zu seiner scharfen Reaktion veranlasste, lautete: ›Aber ich liebe meine Schlampe Moskau.‹ Dies war das Moskau, das der Dichter fürchtete, nach dem er sich sehnte und das er akzeptierte, weil er das Leben akzeptierte.« Aus: Leonid Widgof: *Ossip Mandelstam – der Dichter und die Stadt*. In der Übertragung von Ralph Dutli: »Hure« – vgl. das Gedicht: »Nein, ich find kein Versteck vor der großen Stumpfheit«. In: *Mitternacht in Moskau*, S. 65.

S. 79 Der »gute Staatsanwalt« war Arkadi Andrejewitsch *Furmanow* (1890–1962), politischer Zensor des Marineministeriums, Bruder des Schriftstellers Dmitri Andrejewitsch Furmanow.

S. 81 Alle Hebel in Bewegung setzen: Stalin verwendete die in manchen Quellen auch so wiedergegebene Wendung »die Mauer (oder Wand) erklettern«. Der Dialog würde dann folgendermaßen lauten: »Dann sagte Stalin: ›Wenn man meinen Genossen verhaftete, würde ich auf die Mauer klettern.‹ Pasternak antwortete: ›Josef Wissarionowitsch, wenn Sie mich diesbezüglich anrufen, bin ich offensichtlich bereits über die Mauer geklettert.‹«

S. 82 *Robert Littell* (1935) ist ein US-amerikanischer Thriller-Autor.

S. 82 *Sinaida Saitsewa-Antonowa* wird uns von Littell als Verräterin präsentiert, ihre Existenz lässt sich jedoch nicht belegen. Ossip Mandelstam hatte eine enge Bekannte im Verdacht, während Nadeschda Mandelstam die betreffende Person zu kennen glaubte, es aber nicht für angebracht hielt, den Namen preiszugeben.

S. 82 *Tschekist* steht hier für Geheimpolizist, denn die Tscheka, die erste Geheimpolizei des Sowjetregimes, wurde bereits 1922 aufgelöst.

S. 84 *Wrangels weiße Offiziere*: Baron Pjotr Nikolajewitsch Wrangel (1878–1928) war Anführer der antikommunistischen Weißen Armee im Russischen Bürgerkrieg.

S. 86 *Kommunalka*: Diese Art von Wohnung war in der Sowjetunion weit verbreitet. Die Bewohner hatten ein oder mehrere Zimmer für sich, teilten sich aber den Sanitärbereich mit Toilette und die Küche mit den anderen Familien. Kommunalki waren eine Folge des Wohnungsmangels und der Notwendigkeit, viele Menschen in begrenztem Raum unterzubringen.

S. 87 *Alexander Dmitrijewitsch Anaikin* (1948), gelernter Bautechniker und spätberufener Dichter, veröffentlichte 2000 einen Gedichtband und ist seit 2014 Mitglied im russischen Schriftstellerverband.

S. 88 *Nikolaj Nikolajewitsch Wiljam-Wilmont* (1901–1986) war ein sowjetischer Germanist und als Übersetzer, Literaturkritiker und Kulturhistoriker tätig.

S. 90 *Lew Nikolajewitsch Gumiljow* (1912–1992), Anna Achmatowas einziger Sohn, verbrachte Jahre in stalinistischen Straflagern. Als Ethnologe wurde er bekannt für seine umstrittenen Theorien zu den Expansionsbestrebungen von Ethnien und der Bedeutung ihrer Führer.

S. 90 *Nikolaj Nikolajewitsch Punin* (1888–1953), Kunsthistoriker und Schriftsteller, Anna Achmatowas zweiter Ehemann, im Gulag umgekommen.

S. 99 *Amedeo Modigliani* (1884–1920), der erst später berühmt gewordene italienische Maler, fertigte 16 Zeichnungen von Anna Achmatowa (nach ihrer Aussage) »bei sich zu Hause« in Paris, von denen nur eine erhalten ist.

S. 99 *Nikolai Stepanowitsch Gumiljow* (1886–1921), Anna Achmatowas erster Ehemann, war ein bedeutender Dichter und Mitbegründer des Akmeismus. Er wurde in der Sowjetunion als Konterrevolutionär hingerichtet.

S. 100 Die *Newa* ist der Fluss, der durch Sankt Petersburg, Achmatowas Heimatstadt, fließt.

S. 100 In Jelena Kusminas Biographie *Anna Achmatowa. Ein Leben im Unbehausten*, übersetzt von Swetlana Geier, wird Schdanow folgendermaßen zitiert: »Bald Nonne, bald Hure, am ehesten Nonne und Hure zugleich, deren Hurerei von Gebeten durchsetzt ist.« Meist wird das Zitat jedoch in der Form »halb Nonne, halb Hure« wiedergegeben (Reinbek: Rowohlt 1993).

S. 100 *Sappho* ist die bedeutendste griechische Lyrikerin der Antike, sie lebte im 7. und 6. vorchristlichen Jahrhundert auf Lesbos.

S. 100 *Anna von ganz Russland*:Der ehrerbietige junge Dichter war wohl Lew Kopelew (1912–1997), der Achmatowa sein Faust-Buch mit der Widmung überreichte: »Für Anna von ganz Russland von einem der Millionen ihrer treuen, verehrenden und liebenden Untertanen.« Die Bezeichnung selbst wird Marina Zwetajewa zugeschrieben.

S. 108 *Wassili Andrejewitsch Schukowski* (1783–1852) war ein russischer Dichter und Übersetzer der Romantik. Er nutzte seinen Einfluss auf den Zaren, um aufrührerischen Dichtern zu helfen.

S. 108 *Mal aus Stein*: Die 47 m hohe Alexandersäule steht im Zentrum des Palastplatzes in Sankt Petersburg. Sie wurde 1834 zu Ehren des Zaren Alexander I. errichtet.

S. 109 *Michail Wassiljewitsch Isakowski* (1900–1970), Dichter des sozialistischen Realismus mit einer Neigung zur Bauernschaft, Held der sozialistischen Arbeit.

S. 109 *Isaak Emmanuilowitsch Babel* (1894–1940), russischer Journalist und Schriftsteller, Verfasser des berühmten Erzählbands *Die Reiterarmee*, auch als *Budjonnys Reiterarmee* bekannt. 1940 oder 1941 im Zuge der stalinistischen Säuberungen hingerichtet und 1954 rehabilitiert.

S. 109 *Alexander Alexandrowitsch Fadejew* (1901–1956), Protagonist der Literatur des sozialistischen Realismus und Stalinpreisträger. Sekretär des sowjetischen Schriftstellerverbands. Nahm sich nach dem 20. Parteitag das Leben.

S. 109 *Pjotr Andrejewitsch Pawlenko* (1899–1951), sowjetischer Schriftsteller und Drehbuchautor.

S. 111 Nadeschda Mandelstam schreibt in ihren Erinnerungen, ihr sei vorgeschlagen worden, Ossip Mandelstams im Winter 1936/37 verfasste »Ode an Stalin« zu verheimlichen, was sie abgelehnt habe, denn »sonst wäre alles nur eine Teilwahrheit: Das Doppelleben war ein unumstößliches Faktum unserer Zeit, und niemand konnte es umgehen. Die anderen verfassten solche Oden in ihren Wohnungen und Villen und wurden dafür belohnt. O.M. schrieb sie mit einer Schlinge um den Hals, Anna Achmatowa, als die Schlinge um den Hals ihres Sohnes gelegt war. Wer kann sie wegen dieser Gedichte verurteilen?«

S. 112 Das letzte Foto von Lenin, links seine Schester Marija Iljinitschna Uljanowa, rechts der behandelnde Arzt. https://de.wikipedia.org/wiki/Datei:Lenin-last-photo.jpg

S. 114 Lenin beschloss die Hinrichtung der Zarenfamilie ohne den eigentlich geplanten Prozess, um angesichts des Vormarschs der Weißen Armee zu verhindern, dass der Zar dieser in die Hände fiel. Die Verlegung der Familie in das Ipatjew-Haus in

Jekaterinburg verzögerte sich wegen der Hämophilie des Thronfolgers. Im Keller des Hauses wurden der Zar und seine Familie in der Nacht vom 16. auf den 17. Juli 1918 erschossen.

S. 117 *Marx' Krankheit*: Karl Marx, der schon früh an schmerzhaften »Karbunkeln« litt, wie er es nannte, laborierte in Wirklichkeit an der chronischen Hautkrankheit »Hidradenitis suppurativa«, einem Leiden mit schweren psychologischen Auswirkungen.

S. 118 Anna Achmatowa zitiert in ihrem Gedicht »Der Weg der ganzen Erde (Kitezhanka)« die Bibel. In der Offenbarung des Johannes 10:5,6 heißt es in Luthers Übersetzung: »Und der Engel, den ich stehen sah auf dem Meer und auf der Erde, hob seine rechte Hand auf zum Himmel und schwor bei dem, der da lebt von Ewigkeit zu Ewigkeit, der den Himmel geschaffen hat und was darin ist und die Erde und was darin ist und das Meer und was darin ist: Es soll hinfort keine Zeit mehr sein …«

S. 120 Die Entführung von Helena, der Frau des Menelaos von Mykene, durch Paris löste den Trojanischen Krieg der Griechen gegen die Trojaner aus, über den Homers Epos *Ilias* berichtet.

S. 122 *Beatrice (Bice) Portinari* (1266–1290), Tochter des Florentiner Bankiers Folco Portinari, soll das Vorbild für die Beatrice in Dante Alighieris *Göttlicher Komödie* gewesen sein. – Der Junge an der Kirchentür ist ebendieser Dante Alighieri.

S. 122 *Dulcinea von Toboso* ist Don Quijotes idealisierte Angebetete in Miguel de Cervantes' gleichnamigen Roman, der er seine Ritterdienste widmet. Eigentlich heißt sie Aldonza Lorenzo und ist eine einfache Bauerntochter.

S. 123 *Maria Pavlowna Bogoslowskaja* (1902–1974), Übersetzerin englischer und französischer Literatur.

S. 126 Das Gespräch zwischen Duwakin und Bobrow fand tatsächlich lange nach dem Moskauer Sommer 1934 statt, nämlich 1968.

S. 127 Im »skandinavischen Jahr 1958« wurde Pasternak der Nobelpreis verliehen.

S. 132 *Heinrich Gustav Neuhaus*, russisch Genrich Gustawowitsch Neigaus (1888–1964), der erste Ehemann von Sinaida Pasternak, war ein berühmter russischer Pianist.

S. 133 *Alexej Aleksandrowitsch Surkow* (1899–1983) war ein sowjetrussischer Schriftsteller und hochrangiger Kulturfunktionär.

Als Vorsitzender des sowjetischen Schriftstellerverbands von 1953–1959 spielte er eine maßgebliche Rolle in der Kampagne gegen Boris Pasternak.

S. 134 *Wsewolod Emiljewitsch Meyerhold* (1874–1940), eigentlich Karl Kasimir Theodor Meierhold, war ein einflussreicher russischer Regisseur und Theatertheoretiker. Er entwickelte das Konzept des »Biomechanischen Theaters«, das auf der Idee basierte, dass Bewegung und Körperlichkeit die Grundlage für die schauspielerische Leistung bilden sollten. Er wurde am 2. Februar 1940 durch Genickschuss hingerichtet.

S. 136 *Sir Isaiah Berlin* (1909–1997) war ein britischer Philosoph, Ideenhistoriker, politischer Denker und Diplomat. Er lehrte Philosophie und Sozialwissenschaften an der Universität von Oxford. Seine Begegnung mit Anna Achmatowa fand während einer kurzen Tätigkeit als Diplomat an der britischen Botschaft in der Sowjetunion statt. Später trafen sie sich in Oxford wieder. Berlin schreibt: »Als sie mir das in Oxford erzählte, fügte sie hinzu, ihrer Meinung nach hätten wir – sie und ich – ohne es zu wollen, einfach indem wir uns damals getroffen hätten, den Kalten Krieg ausgelöst und damit den Lauf der Geschichte der Menschheit geändert.« (Isaiah Berlin: *Persönliche Eindrücke*, Berlin Verlag 2001, S. 359)

S. 137 *Andrei Alexandrowitsch Schdanow* (1896–1948), Stalins Parteiideologe und Chefsäuberer, hielt 1946 die Rede »Über die Zeitschriften *Swesda* und *Leningrad*«, mit der ein noch härterer Kurs bei der Durchsetzung des sozialistischen Realismus eingeläutet wurde. Besonders Anna Achmatowa wurde als Vertreterin »der oberen Zehntausend des alten adeligen Russland, der zum Untergang Geweihten« ins Visier genommen.

S. 138 *Elsa Triolet* (1896–1970), geboren als Ella Jurjewna Kagan, war eine in Moskau geborene russisch-französische Schriftstellerin. Sie war die Schwester von Lili Brik, der Geliebten von Wladimir Majakowski, und Ehefrau des französischen Schriftstellers Louis Aragon. 1927 wurde sie Mitglied der Kommunistischen Partei Frankreichs und unterhielt ebenso wie ihre Schwester engen Kontakt zum sowjetischen Geheimdienst GPU.

S. 144 *Wladimir Rudolfowitsch Solowjow* (1963) ist ein russischer Fernsehmoderator, Journalist und politischer Kommentator. Von 1990 bis 1992 war er in den USA tätig, nach seiner Rückkehr produzierte er bis 1998 Diskothekenausstattungen. Inzwischen ist er Talkmaster im russischen Staatsfernsehen und Unterstützer Wladimir Putins.

S. 148 *Nero Claudius Caesar Augustus Germanicus* (37–68) war von 54 bis zu seinem Tod römischer Kaiser. Er ist als Gewaltherrscher in die Geschichte eingegangen. Lucius Annaeus Seneca (4–65), bekannt als Seneca der Jüngere, war ein römischer Philosoph, Staatsmann, Dramatiker und Neros Berater. Dieser beschuldigte ihn, an einer Verschwörung beteiligt zu sein, und zwang ihn zum Selbstmord.

S. 148 Der »bekannte Todesbrauch« ist eine Form der Todesstrafe im alten Rom, bekannt als der »römische Tod«. Durch das Schwert oder das Öffnen der Venen zu sterben, war nicht mit einem Ehrverlust verbunden. Der Kaiser konnte Verurteilten aus den oberen Gesellschaftsschichten den Selbstmord erlauben, um ihnen so die Schande einer öffentlichen Hinrichtung zu ersparen.

S. 149 *Lew Nikolajewitsch Graf Tolstoi*, deutsch auch Leo Tolstoi (1828–1910), russischer Schriftsteller von Weltrang, bekannt für seine epischen Werke *Krieg und Frieden* sowie *Anna Karenina*, die als Meisterwerke der realistischen Literatur gelten.